2
初恋だった
同級生が
家族になってから、
幼馴染が
やけに甘えてくる
弥生志郎 Ill.むにんしき

大切な何かを守るように、
胸の前で月乃が手を握る。
「恋人みたいに手を繋ぎたい。
恋人みたいに抱き合いたい。
恋人みたいに添い寝したい。
恋人みたいに甘えたい。
恋人みたいにキスしたい——
今まで幼馴染じゃ
出来なかったことを、
いっぱいいっぱいいっぱい悠人としたい」

小夜月乃《さよつきの》
Tsukino Sayo

朝《あさ》比《ひ》奈《な》日向《ひなた》
Hinata Asahina

日向が俺に跨ったまま、
お互い指先一つ動かせない。
まるで恋人が
ベッドに押し倒されて、
そのままキスを
されてしまうような。
そんな恋愛映画の
ワンシーンのような光景。
湊《みなと》悠《ゆう》人《と》
Yuto Minato

「——付き合ってくださいっ!」
二人の少女の告白が、重なるように夜空に響き渡る。

contents

Hatsukoi datta Dokyusei ga Kazoku ni nattekara
Osananajimi ga yakeni Amaetekuru

初恋だった同級生が
家族になってから、
幼馴染がやけに甘えてくる２

弥生志郎

講談社ラノベ文庫

口絵・本文イラスト／むにんしき
デザイン／百足屋ユウコ＋フクシマナオ（ムシカゴグラフィクス）
編集／庄司智

プロローグ

俺の高校には、『月の天使』がいる。

……いや、もちろん天使っていうのは比喩で、ホンモノじゃないんだけど。

「なあ。月乃《つきの》先輩、何読んでるんだろうなぁ」

「んー……やっぱ、純文学、とか？」

放課後の生徒会室。生徒会の集会が始まるのを待っていると、そんな後輩二人組の会話が聞こえた。

後輩たちが見つめる先にいるのは、一人の少女。

小夜《さよ》月乃――昔から一緒にいる俺の幼馴染《おさななじみ》、だった。

「…………………」

月乃は一人、静かに文庫本に目を落としていた。

その表情におよそ感情と呼べるものはなく、神秘的な瞳が見つめるのは紙の本だけ。時折風にカーテンがふわりと舞って、夕陽《ゆうひ》が月乃の綺麗《きれい》な髪をきらきらと輝かせた。

なるほど。まるで海外の名画のような、幻想的な光景だった。

「確かに月乃先輩ってそういう難しい本とか読んでそうだもんなぁ。ドストエフスキーとか、そういう高尚なやつ。いや待てよ、もしかして詩集って可能性も……？」

「そんなに気になるなら本人に聞いてみればいいじゃん」

「バカ野郎っ。なんて畏れ多いこと言うんだよ。月乃先輩はな、俺みたいな俗物が話しかけて良《い》いお人じゃないんだよ」

まるで深窓の令嬢みたいな扱い方だな。

けど、後輩の言いたいことも分かる。月乃は無表情で無口だから、近寄りがたい印象を与えてしまうんだろう。小さい頃から一緒にいたから、よく知ってる。

「俺は月乃先輩と仲良くなれなくてもいーの。こうして素晴らしい光景を眺めさせてもらえるだけで、俺にはもったいないくらいの幸せなんだから」

「まるで信者みたいなこと言い出したな……」

「そりゃそうだろ。なんてたって、相手は天使様なんだから。あー今日も可愛《かわい》いなー……」

まるで別世界の存在と思えるくらい、神秘的な少女。

それが月乃という少女であり、『月の天使』、だった。


その月乃が、だ。

たった今、風呂上がりのパジャマ姿で、読書をしながら髪の手入れをされていた。

ちなみに、手入れをしているのは、俺だ。

「変になっても文句言うなよ。女の子の髪のケアなんて、よく分からないんだから」

「んー、別にいいよ? わたしだって、いつもてきとーだから。髪を梳《と》かしてくれるだけ、悠人《ゆうと》の方が丁寧だと思う」

　相変わらず、生活スキルが全然ない天使様だった。

　何故《なぜ》俺が月乃の髪にブラシを通しているのか。発端はほんの数分前。

　いつものように月乃の夕飯を用意していた時、風呂上がりに読書をしている月乃の髪が微《かす》かに濡《ぬ》れていた。

　もちろん、言った。せめてドライヤーくらいした方が良いって。

　けれど、月乃は髪を乾かす時間が惜しいくらい本の続きが読みたいらしい。だから、甘えるような表情で俺に言った。

　——ね、悠人。お願いがあるんだけど……わたしの髪の手入れ、して欲しいの。

　で、今に至る、だ。

「髪の手入れなんてすぐに終わるんだから、その後に本を読めばいいのに。宿題を急《せ》かされてる小学生じゃないんだから」

「だって、続きが気になるから。それとも、わたしの髪のお手入れ迷惑だった？」

「いや、全然。月乃の世話なんて今更だし。それより月乃の髪が傷む方がよっぽど嫌だな」

　何しろ、小さな頃からの幼馴染だ。髪を梳かすくらい、慣れている。

「けど、そんなに面白いのか、その小説」

「うん。多分、悠人も知ってると思う」

　月乃が見せてくれた表紙に描かれているのは、月の上で星を眺める王子様のイラスト。

世界的に有名な、大人から子どもまで楽しめる児童文学だ。

後輩よ、月乃が読んでるのは純文学でも詩集でもなかったぞ。

って、待てよ。この小説って……。

「それ、小学生の頃に読んだとか言ってなかったっけ？」

「覚えててくれたんだ。そうだけど、今は別の翻訳で読んでる。読んだ時の印象が全然変わるから、すごく楽しいよ？」

「はー。すごいこだわりだな」

「昔から、一度好きになったらずっと夢中になっちゃうから。……だって」

いつものような、感情のない透明な表情。

「悠人のことだって、小さな頃から好きだったんだよ？　もちろん、今でもずっと」

「…………そ、そっか」

顔が熱くなるのが自分でも分かって、月乃の顔なんて見れなかった。

ずるい、と思う。いきなりそんな表情で、好き、なんて口にするなんて。

――今から、二ヵ月前。俺は、幼馴染の月乃から告白をされた。

けれど、そこは色々と複雑な事情があって。今はまだ、幼馴染以上恋人未満、みたいな距離感になっていた。

誰よりも一緒にいた相手だ。たとえ月乃が『月の天使』と謳《うた》われるような少女で、こうして髪を梳かしていても、今さら羞恥や照れなんてない。

……けど、それは今までの話だ。

たった今、好き、と言われて今までにない感情を覚えたのは、月乃を一人の少女として見てるから、なんだろうな。

「——ああ、そうだ」

ふと、思い出す。俺は、月乃とある約束をしているんだった。

今まで俺と月乃はお隣さんで、幼馴染って関係だった。

だけど、月乃が俺を好きだって言うのなら。

きっと俺も、湊《みなと》悠人として、月乃の気持ちに向き合わなきゃいけないから。

「……？　悠人、どうしたの？」

「あのさ、月乃。今度の日曜日だけど、俺と——」

俺はある提案を口にして、月乃は驚いたように、目をぱっちりと開けるのだった。

一章　そうだ、デート行こう／ねこねこ／幼馴染《おさななじみ》だと出来ないこと

その翌朝。何でもない朝の食卓。

俺には朝のルーティーンが三つある。一つは、母さんの写真に手を合わせること。もう一つは、月乃《つきの》が学校に遅刻しないように起こすこと。

そして最後は、日向《ひなた》が作ってくれた朝食に、いただきます、と感謝することだ。

「おー、今日も見事な半熟。では、いただきます」

「悠人《ゆうと》君の好みも分かってきたからね。とろっとした方が好きだもんね？　目玉焼き」

俺の家族である少女——朝比奈《あさひな》日向も、朝食に箸を伸ばすのだった。

家族って言っても、同居してそれほど時間が経《た》っていない関係なのだけど。こうして日向と朝食を食べてる今だって、初めの頃に比べればさすがに慣れたけど、まだ不思議な気持ちは拭えない。

何しろ、一緒に暮らす前は日向は同級生で、初恋の人だったんだから。

好きな女の子が血の繋《つな》がった家族でしたなんて、最初は最悪な失恋だなんて思っていたけれど。日向と遊園地でデートをしてからは、家族として向き合う日々を過ごしてる。

「あっ——」

醤油《しょうゆ》を取ろうと手を伸ばした時、偶然日向と手が重なった。

「――――っ」

指先に日向の柔らかさを感じた、その瞬間。日向は息を呑《の》み手をぶんぶんと振って、

「ご、ごめんね。はい、醤油なら悠人君が使っていいから。私は、えっと、適当に塩とかかけて食べるから！」

「えっ……あ、ああ。そうだな、素材の味をそのまま楽しめるしな、うん」

やけに慌てる日向に驚いて、変なことを口走ってしまった。

とはいえ、日向が動揺するのも分かる。少し前までお互い同級生だったんだし、二人暮らしに慣れないのも無理はない。

……けど、まいったな。

日向にはそれとなく話したいこと、があるのに、気まずくて言い出しにくい。

悶々《もんもん》としてる間に朝食は終わってしまい、日向は一日の始まりにやる気を出すように、んっ！　とガッツポーズみたいに気合を入れると、

「今日も一日よろしくね。私も悠人君も、きっと忙しくなると思うから」

「忙しくなる？」

真《ま》っ直《す》ぐに俺を見る日向の顔つきは、全校生徒を率いる生徒会長そのものだった。

「だって、もうすぐ聖夜祭の準備が始まるから。生徒会最大の見せ場、だよ？」

──聖夜祭。

それは俺たちの高校に通う者にとって文化祭に代わる、最大級のイベントだ。

クリスマスの時期に行われるこの聖夜祭は色とりどりな模擬店や企画で溢《あふ》れて、たった一度の学園生活を謳歌《おうか》するかのように全校生徒が熱狂する。

その聖夜祭を伝統的に運営しているのが、生徒会、だった。

「あー、そうか。もうそんな時期なんだな……」

「むっ、不満そうな顔。書記の悠人君がそんな調子じゃ良くないよ？」

「いやいや、嫌とかじゃないって。ただ、去年は相当大変だったからな……」

去年は役員って立場じゃなかったけど、それでもキツかった。先輩の指示のまま東へ西へ駆けずり回って、聖夜祭が終わった頃に体重計に乗ってみたら、減量中のボクサーかなって思うくらい体重が落ちてた。

「でも、今年の生徒会長が日向だからな。絶対に良《い》い聖夜祭になると思うんだよ。何しろ、聖夜祭の事前準備で一人で無理しちゃうくらいだし」

「あはは……。悠人君に看病してもらう羽目になったけどね。その節はご迷惑おかけしました」

「いやいや、それくらい日向が真面目《まじめ》だってことが言いたくて。去年の聖夜祭の準備だって頑張ってたもんな。日向がいなかったらまともに聖夜祭出来なかったと思うぞ？」

「褒めてくれるのは嬉《うれ》しいけど、それは言いすぎじゃないかなあ」

「俺はお世辞なんてちっとも言ってないけど。だってほら、俺と日向がアレを完成させてなかったら、聖夜祭が台無しになってただろ？」

「――あっ」

何かを思い出したように日向が固まるが、慌てたように、

「ゆ、悠人君、それみんなに言っちゃダメだからね？　私と悠人君だけの秘密、だから」

「分かってるよ、そういう約束だもんな」

日向の真面目なエピソードだから周りに話したい気もするが、本人がそう言うなら俺だけの内緒にしておこう。

「と、とにかく！　生徒会のみんなのこと、頼りにしてるから。悠人君もいてくれるし、今年の副会長は月乃ちゃんだもん。こんなに心強い味方もいないよ？」

その一言に、はっとした。

来た。日向に話したかったことを切り出すには、今しかない。

「あのさ、日向。その月乃のことで、ちょっと伝えておかなきゃいけないんだけど――今度さ、月乃とデートするんだよ」

「…………えっ？」

それはもう、日向は見事なくらい固まった。

うん、だよな。同居してる弟がいきなり他の女の子とデートするなんて言い出したら、普通そうなるよな。

「いや、ほら。月乃が俺に告白したことは、日向も知ってるだろ？　だから、二人で何処《どこ》かに出掛けようって月乃と相談したんだ」

それが、俺が昨日月乃に持ち掛けた提案だった。

それも、幼馴染同士じゃない。告白した側とされた側として、遊びに出掛ける。となれば、それはきっと、デートと呼ぶべきなのだと思う。

「そ、それでさ、日向にも打ち明けるべきだよな、って。俺と月乃の関係には、日向も深く関わってるし。何食わない顔で月乃と出掛けるのも違うかなーって……」

日向に月乃とデートすることを伝えるのが、こんなに気まずいものだとは。

氷点下みたいな空気の中、日向は俺をじっと見つめていて……やがて、微笑《ほほえ》んだ。

「ん、そっか。聖夜祭で忙しくなるし、今のうちに行った方がいいかもね」

「……あ、あれ。意外と驚かないんだな」

「何となく、いつか二人はデートするんだろうな、って思ってたから。悠人君も月乃ちゃんも、仲が良いもんね」

……うぅむ、改めて他の人にデートと言われると、少し照れる。

「それに、月乃ちゃんが私のことを心配して悠人君と交際するの断ったの、知ってるから。本当なら、今頃二人は付き合ってたはずだもん」

確かに、日向の言う通りだ。

俺は月乃に付き合って欲しいと返事をしていて、けれど拒否されてしまった。その理由は、俺と日向との家族の関係を壊したくないから、だ。

確かに、もし月乃が恋人になれば日向と過ごす時間は大幅に減るだろう。それは家族になったばかりの俺と日向にとって、悪い影響が出ると思う。

それくらい、月乃は俺と日向の絆《きずな》を心配してくれたんだ。

「だから、むしろ悠人君と月乃ちゃんの関係に進展があって嬉しいくらいだよ？　私のせいで月乃ちゃんの恋路を邪魔するなんて、嫌だもん」

そして、日向は笑顔を浮かべる。まるで女神のような、優しい笑み。

「頑張ってね？　私以外とのデートなんて、初めてなんだよね？」

「……まあな。俺の人生でその手のイベント、ほとんど無かったし」

「良かったら友達にアドバイスとか聞いてこようか？　悠人君が月乃ちゃんと初めてのデートで緊張してるみたい、って」

「よし、今すぐ俺が言ったことは全部忘れてくれ。そして俺のことはそっとしておいてくれ」

俺の言葉に、日向は楽しそうに笑うのだった。

月乃と二人きりで出掛けたことなんて、今まで何度だってある。

なのに、月乃と出掛けるだけでこんなにそわそわするなんて、初めてだ。

約束の午前一〇時。月乃の家のインターフォンを押すと、幼馴染が姿を現した。

「よっ、おはよ。休日なのに寝過ごさないなんて、偉いな」

「だって今日は大切な日だもん。ねえ、腕とか組んで歩いた方が良いと思う？」

「……まだ恋人じゃないんだし、それはちょっと早いかな」

「ん、分かった」

割といつもと変わらない月乃と、一緒にマンションを出た。

隣で歩く月乃の服装をじっと見る。

長袖のブラウス、そして首元に巻いたストール。それでいてあえて白い脚が映えるミニスカートで、秋風が吹く一一月下旬の今にぴったりの格好。

ファッションにいまいち興味がない俺でも分かるくらい、お洒落《しゃれ》な服装だった。

……やっぱり、頑張って選んだんだろうな、この服。

「月乃のその服、初めて見るな。……似合ってるな、うん」

「そう、かな。ありがと、悠人が気づいてくれるか、ちょっと心配だった」

「そりゃ気づくだろ。月乃って服へのこだわりとか全然ないし。中学の頃なんか、学校指定のジャージで出掛けようとしてたろ」

「……服なんて、下着を隠す機能性さえあれば十分だと思うけど？」

ファッションへの意識が低すぎる。

「だから正直、月乃がそういう服持ってるのかなり意外だよ」

「高校に上がった時、お姉ちゃんに買ってもらった。月乃も高校生なんだからちょっとはお洒落した方が良いよ、って」

「そんなに前から？　けど、俺は初めて見たぞその服」

「……悠人の前で着るの、ちょっといやだったから」

俺が首を傾《かし》げていると、月乃は言う。

「悠人が日向さんを好きってこと、知ってたから。悠人に女の子らしく見てもらう努力しても、意味ないのかなって思ってた」

「うっ……それは、すまん」

「全然気にしなくていいよ？　誰を好きになるかなんて、悠人の自由。それに、悠人はずっと日向さんにお熱だろうなって、諦めてた部分もあるから。生徒会のみんなが言ってたよ？　悠人は女神様にガチ恋してるって」

「ガチっ……⁉　い、いやいやいや。別にそこまで本気じゃなかったからな？　いつフラれても俺的にはどうでも良かったっていうか……」

「それはウソ。悠人、日向さんと喋《しゃべ》る時だけいつも少しだけ緊張してた。それに、悠人は一年以上ずっと片思いしてたよね？　どう客観的に見ても、一途《いちず》だと思うけど」

「ぐむっ」

これだから幼馴染は厄介なんだ。隠したいことも一瞬で見抜いてしまう。

「ま、まあ、別に認めてもいいけど。でも、それも過去の話だよ。今はもう日向は俺の家族だし、恋人になりたいとかそんな願望一切ないから」

「……ふーん。悠人は日向さんのこと、ちゃんと家族だって思ってるんだ」

「そうだけど、何か言いたげだな」

「だって、年頃の少年少女が一つ屋根の下で暮らしてるんだよ？　ちょっとした間違いがあっても、不思議じゃない」

ああ、なるほど。月乃としては、俺と日向が恋人同士にならないか心配しているわけか。

確かに、俺だって日向への初恋は忘れたわけじゃない。日向のことを同級生として見てしまう瞬間だってある。

……でも、これだけは断言出来る。

「俺と日向は、これからもずっと家族だよ。だからこそ、一緒に暮らしてるんだから」

「……ん、そっか」

「それに、俺が日向と付き合えるはずないだろ？　家族になりたい、って言ったのは日向なんだから。少しでも俺に気があるなら、実は家族でしたー、なんて言わないだろ？」

「…………………」

ふと、長年一緒にいるからこそ気づける、わずかな沈黙が流れた。

「うん、そうだね。結局は悠人の片思いだもん、ただのわたしの杞憂《きゆう》だよね」

「ナチュラルに古傷を抉《えぐ》るようなこと言わないで欲しいが」

「でも、悠人がそう決断してくれたから、こうして女の子として一緒に出掛けられるんだよね？」

月乃は、くす、と笑みを零《こぼ》すと、

「ほんとはね、こういうのずっと憧れてたんだよ？」

「……そっか。なら、良かった」

俺が日向に片思いをしてることで、きっと月乃には寂しい思いをさせていたのだと思う。月乃はそれを、気にしなくていいとも言ってくれる。

でも、せめて今日くらいは、今までの寂しさを帳消しに出来るような一日にしたい。

そう、素直に思った。


俺と月乃が訪れたのは、とあるカフェだ。

みゃあ、と鳴き声がした。

見れば、白毛の猫が床でせっせと毛繕いをしている。他にも、キャットタワーで遊ぶ猫やテーブルの上で尻尾を揺らす猫。どこもかしこも、猫ばかり。

今日も猫カフェ『ねここねこ』は、元気に営業中だった。

月乃は注文したカフェオレを飲みながら、

「猫たち、前に来た時と同じ顔ぶれだね。良かった、久しぶりだから誰かいないんじゃないかって、ちょっと心配だった」

「すごいなぁ、月乃って見た目だけで猫の見分けがつくんだな。俺なんて、全部同じ生き物に見えるのに」

「……それは、もうちょっと猫に興味を持った方が良いと思うよ？」

この猫カフェは、今まで月乃に付き合わされて何回か来たことのある店だ。

そして、月乃とのデートで最初に訪れた場所、ってことになる。

初めてのデートだ、候補ならたくさん考えた。けれど月乃とは小さな頃から一緒にいるし、大抵の場所には行っている。

そして俺の記憶の中で、月乃が一番楽しそうだった場所が、この猫カフェだったのだ。

「でも、提案したのは俺だけどさ、こんな近くの店で良かったのか？　月乃が行きたいなら、水族館でも動物園でも、どこでも付き合ったのに」

「わたしは、悠人が『ねこねこ』に誘ってくれて嬉しかったよ？　悠人と遠くに行くのも楽しそうだけど、お気に入りのお店でゆっくりする方が好きだもん。……それにね」

くす、と月乃は笑みを零す。

「悠人とは、これからたくさん色んな場所に行けたらいいかなって。デートはこの一回きりじゃないから」

なるほど、確かにそうだ。これが最初で最後ってわけではないだろう。

俺たちはもう、今までみたいな幼馴染じゃないんだから。

そんな会話をしている時だ。ある一匹の小麦色の猫が、他にもお客さんがいるというのに、とてとてと月乃の方へ歩み寄ると、じーっと彼女を見上げた。

どうやら、月乃のことが気になるらしい。

「わたしに構って欲しいの？　いいよ。おいで？」

言葉を理解してるかのように、猫が月乃の膝の上にジャンプ。月乃が優しい表情で首の下を撫《な》でると、気持ち良さそうに喉を鳴らした。

ちなみに、この猫カフェは触るのは良くても抱き上げるのは禁止しているため、膝の上に猫を乗せることが出来るかどうかは、猫様の気分次第らしい。

実際よくあることではないようで、数人のお客さんは珍しいものでも見るかのように、膝の上に猫を乗せる月乃を眺めていた。

「うわ、こんなことあるんだな。飼い主でもないのに、こんなに猫が甘えるなんて」

「人懐っこい良い子だね。撫でさせてくれて、ありがと」

「でも、あれだな。月乃がこんなに他の猫と遊んでると、ミアが嫉妬したりして」

ミア、とは月乃が小学生の頃から仲良くしてる、とある猫のことだ。

だから、ミアのことを軽い気持ちで言った……のだが。

「っ。……帰ったら、ミアのことたくさん可愛《かわい》がらなきゃ。ミア、きっと寂しい思いしてると思うから」

「……い、いや、そんな悲痛な顔をしなくてもさ、冗談だからな？　少しくらいならミアだって許してくれると思うぞ？　うん」

なに、この罪悪感。まさかそこまで落ち込ませてしまうとは……。

何だか申し訳なくなって、俺は話題を変えるためにずっと気になってたことを口にする。

「改めてデートってことでこうして月乃と一緒にいるけどさ……割と、幼馴染として遊んでる時と変わらない気がするな」

「……言われてみたら、そうかも」

何しろ、小さな頃から二人でいるのが当たり前だったしなぁ。

付き合いの浅い女の子が相手ならともかく、今のところ、特別感はあんまりない。

「ねえ、悠人。デートって、どんなことをするの？」

「えっ⁉ それ、俺に聞くのか……？」

「だって、デートなんて生まれて初めてだから。でも、悠人は経験があるよね？ この間、日向さんと遊園地に行ったんだから」

い、いや、確かに行ったけども。あの日の日向とのデートを月乃に話すなんて、恥ずかしいというかなんというか。

けれど、月乃は俺の言葉を待つようにじっと見つめるばかり。……仕方ない。

「えっと、一緒にアトラクションに乗ったりとか、ご飯食べたりとか。それくらいだよ」

「……本当に、それだけ？」

「い、いや、その……手とか、繋いだりしたけど」

「そっか、確かにそういうの、デートっぽいね。日向さんと手を繋いで、悠人は緊張した？」

「ま、まあ。そんな経験、全然なかったし」

「そうなんだ。じゃあそれ、してみよっか？」

……え。

俺が目をぱちくりとさせてると、いつもの無表情で月乃は言うのだった。

「日向さんとは、手繋ぎしたんだよね？　じゃあ、わたしもしてみたい。もっと悠人に、どきどきして欲しいから」

月乃は俺の幼馴染で。だからこそ、その言葉にどぎまぎしてしまう自分がいる。

手を繋ぎたいとか、どきどきして欲しいとか。今までの月乃なら、絶対に言わなかった言葉だ。

「もしかして、恥ずかしい？　……だめ、かな」

「い、いやっ！　全然そんなことない、けど」

月乃のあどけない、甘えるような表情。

幼馴染としてじゃなく、異性として一緒にいる今だからこそ、改めて思うことがある。

月乃は――可愛い。それも、日本人離れしてるようなミステリアスな可憐《かれん》さだ。生徒会のみんなが、『月の天使』だなんてあだ名で呼ぶのも頷《うなず》ける。

だから、だろうか。

目の前にいるのは、間違いなく今までで最も一緒にいた少女だっていうのに――やけに、動悸《どうき》が激しくなっている。

「悠人、こっちに来てくれる？　わたしは猫がいるから、動けない」

「……あ、ああ」

月乃の隣の席に移る。手を伸ばせば髪に触れるくらい、近い距離。

カフェで女の子と手を繋ぐなんてしたことないけれど、きっと目立たないよう、テーブルの下でこっそりするのが自然なんだろう。

体温が少しずつ上がっているのが、自分でも分かる。

それはきっと、これが特別なことだって理解してるから。

カフェでくつろぐのも、猫と戯れるのも、幼馴染同士で出来たけれど。手を繋ぐってのは、その先に踏み込む行為だ。

月乃は透明な表情のまま、しかし何処か期待するような目で見つめていて……その瞳を見て、覚悟を決めた。

俺は、ゆっくりと、月乃の手を――。

「あっれー？　休日に会うなんて、偶然ですね」

突然、聞き慣れた少女の声がした。

慌てて視線を移すと、俺も、それに月乃も驚いたように固まった。

そこにいたのは……。

「や……槍原《やりはら》？」

「ちゃっすー。学校以外でも偶然会っちゃうなんて、これって運命かもですね☆」

軽い口調で喋りかけてきたのは、俺も月乃もよく知る女子生徒――生徒会の後輩である、槍原だった。

槍原は学校でよく見る着崩した学生服姿ではなく、フォーマルなシャツにエプロンといううきっちりした服装をしていた。

これって、まさか……。

「もしかして、槍原ってここで働いてたのか⁉」

「実はそうなんですよねー。どうです先輩方、ウチの制服姿が似合ってたら素直に褒めてくれて結構ですよ？」

そういえば月乃がこの猫カフェを気に入ってから、ちょっとだけ生徒会で流行《はや》ったことがあったもんな……。槍原が知っていても不思議じゃないか。

「でも、まさかパイセンと月乃先輩が遊びに来てるなんて。幼馴染同士だけあって、休日でも一緒なんですね～」

「や、それなんだけどさ……」

「あっ、そだった。まだバイト中なんであんまり私語とかダメなんですよね。あとちょっとで休憩入るんで、それまで待ってもらっていいですか？」

「なっ！　ちょっと……！」

行ってしまった。参ったな、あれ俺たちがただ遊びに来ただけって勘違いしてるぞ。

見れば、月乃は何とも言えない表情で膝の上の猫を撫でていた。

「ははは……なんか、ごめんな。今日は月乃との特別な日だったはずなのに。もしあれだったら、今からでも槍原に説明しに行こうか？」

「ううん、わたしは槍原さんがいても気にしないよ？　わざわざ声をかけてくれたんだもん、優しい後輩だなって素直に思う」

「……ほ、ほんとに？　怒ったりしてない？」

「ちょっとだけ、おのれー、って気持ちはあるけど。だけど、槍原さんとお喋《しゃべ》り出来るほうが嬉しいかな。……それにね」

ぽつりと、月乃は口にした。

「さっきも言ったけど、悠人とはこれが一度きりのデートってわけじゃないから」

「……ん、そっか。なら、良かった」

俺が元の席に戻り、しばらくしてから槍原が「おつかれでーす」と現れた。

「でも、槍原って生徒会に入ってるのにバイトまでしてるんだな」

「って言っても、週三くらいの軽いシフトですけどねー。でもほら、何か猫カフェって楽しそうじゃないですか？　動物と同じ空間で働けるとか世界観ほぼジブリですし」

槍原はおもむろにスマホを取り出すと、

「ウチ、カフェの宣伝とか任されてるんですよ？　このアカウントもウチが書いてますし」

月乃と一緒にスマホを覗《のぞ》き込《こ》めば、そこにはSNSの『ねここねこ』というアカウントで、一匹の猫がソファで寝そべってる写真が投稿されていた。

そして写真と一緒に「#今日のミーシャ　#最高かよ　#猫ちゃん好きピ　#可愛すぎて語彙力がヤバい　#猫好きさんと繋がりたい」という文章。

ねここねこ

このハッシュタグ、一目で槍原が書いたって分かるな……。

ぽつり、と月乃が呟《つぶや》いた。

「――可愛い」

「ですよねですよねっ。この白いお腹《なか》とか、うりうり～ってしたくなりません？」

こくこく、と月乃が頷いた。槍原風に言うと、わかりみが深い、ってやつだろうか。

「良かったら、月乃先輩もバイトしてみます？　ウチが店長に紹介しますけど」

「……いいの？」

「もちろんっすよ～！　我らが天使様のお願いですもん、何でも聞いちゃいますよ」

「けどさ、カフェで働くってことは接客しなきゃいけないんだぞ？　月乃、知らない人と笑顔で喋れるのか？」

「……悠人がいてくれたら出来るかも。悠人も一緒に働こ？」

「どうしてそうなるかな。悪いけど、俺は家事があるから無理だ」

「そっか……。じゃあ、残念だけど諦める」

よし、平和的に解決したな。

俺が満足してコーヒーを飲もうとした時だ。

「ホント、パイセンと先輩っていつも一緒ですよね～。これぞ幼馴染、って感じ」

にしし、と槍原が愉快そうな笑みを浮かべた。

「月乃先輩が羨ましいです。あーあ、ウチも幼馴染の男の子とだらだら遊んでるだけの人生が良かったなぁ」

「……そうかな？　ずっと悠人と一緒だったから、あまり分からないけど」

「そうですよ～。だって、こうして猫カフェに付いてきてくれるなんて超良いじゃないですか。気軽に一緒に来れるなんて、幼馴染の特権って感じ？」

「えっと、さ。そのことなんだけど、槍原は勘違いしてるぞ」

俺と月乃は、幼馴染ってだけでここにいるわけじゃない。

ちらり、と月乃を横目で見る。月乃は俺の背中を押すように、こく、と小さく頷いた。

「……？　勘違い、って何がですか？」

「槍原は俺と月乃が、幼馴染だからこのカフェに来たって思ってるんだよな？」

深呼吸。そして、はっきりと口にした。

「俺と月乃は、デートでここに来たんだよ」

「…………………………へ？」

槍原がきょとん、としたのは一瞬。やがて、

「え――――――っ!?　いやいやいや、急展開すぎますって！　お二人共、いつの間にそんな関係になったんですか!?」

「まあ、俺たちにも色々あった、っていうか……」

「は～……。知りませんでした。まっさか、あの幼馴染の先輩たちが、ですかぁ……」

槍原がしげしげと月乃を眺めると、さすがの天使様も照れくさかったのか、視線から逃

げるように膝の上の猫を撫でた。

「ただの親友同士かと思ったら、こんな関係になってるとは。このやりりんの目を以《もっ》てしても見抜けませんでした。で、もうキスとかしました？」

危うく、椅子から転げ落ちるとこだった。

こいつ、いきなり剛速球のデッドボールを投げてくるな……。

「してないし仮にしてても言えるか。なんだよ、その一発目の質問は」

「だってだって気になりますもん。まさかパイセンと先輩が付き合うなんて、自称恋愛マイスターのウチとしては見過ごせないっていうか――」

「いや、それも違うんだよ。デートって言ったけど、まだ付き合ってるわけじゃないんだ」

「……？　？？」

混乱する槍原に月乃は、

「わたしが悠人に告白したんだけど、今はまだそれだけ。わたしも悠人も、お互いが納得するまでは恋人にならないって、二人で決めたんだ」

あの、月乃さん。告白したとかしてないとか、そういう話を真顔でされるととても照れるんですけど……。

「付き合ってない？　告白したのに？　……あー、なるほど。色々込み入った事情がありそうですね。特に、悠人パイセンは」

多分、槍原はもう気づいてるんだろうな。

俺と月乃が交際していないのは、一人の少女――日向が深く関わってるってことに。

何しろ、槍原は俺が日向に気があったってことに気づいてたし。俺と日向と月乃の三角関係を、薄々理解したのかもしれない。

「そういうわけだからさ、槍原も俺と月乃が付き合ってるって誤解は周りに言いふらさないでくれよ」

「ん、リョーカイです。……あれ。ってことは、もしかしてウチって物凄《ものすご》くお二人の邪魔してるんじゃ……」

「ううん、大丈夫だよ？　悠人とはいつでも二人で出掛けられるから。このカフェで槍原さんと会えたのも嬉しいし、気にしないで？」

「つ、月乃先輩……。ありがとうございます、マジ天使です」

ありがたや～、と槍原は月乃に手を合わせる。

「だけど、これからしばらくは悠人とのデートはおあずけになるかも。もうすぐ、聖夜祭の準備が始まるから」

「あっ、聖夜祭！　ウチ、楽しみにしてたんですよ。やっぱり高校生の文化祭って、中学よりずっと派手なんですか？」

「確かに規模はデカいな。学校外の人たちも入場可能だし、テレビに出てるようなタレントをゲストに呼ぶから。けど、俺らは準備する側だからな。槍原も覚悟しとけよ、学校中を駆けずり回ることになるから」

「でも、今年は成功しそうな気がする。だって、会長が日向さんで書記が悠人だから。わたしも、副会長として頑張るよ？」

生徒会役員という立場だからか、いつになく月乃もやる気いっぱいのようだ。

「具体的には、模擬店の管理は任せて。クレープにチョコバナナにマカロン、あとベビーカステラクッキープリンみたらし団子シュークリームカップケーキ。どれ一つ被《かぶ》らないよう完璧に調整するから」

「月乃先輩っ、その活動全力で応援します！」

がしっ、と手を組む幼馴染&後輩。生徒会の美しい団結力を垣間見《かいまみ》た気がする。

「実は、ウチのクラスも聖夜祭の企画で猫カフェするつもりなんですよね。ウチはこのお店で働いてますから色々とアドバイスしてて、面白いイベントも——あっ」

そこで、ぴこーん、と槍原が閃《ひらめ》いた。

「あのあの、先輩方。ウチの店で流行ってる遊びがあるんですけど、どうですか？　デートの邪魔しちゃったのも申し訳ないですし、楽しんでもらえたらいいんですけど」

そう言って、槍原はカウンターへと歩き出すと、すぐに戻って来た。

その手にあるのは、猫耳のカチューシャだ。

「最近、猫耳で撮影出来るサービス始めたんですよ〜。猫と一緒に撮ると映《ば》えるんで超おすすめですよ？　ほらほら、こんな感じです」

槍原はスマホで、ショートムービーを見せる。

動画に出ているのは、槍原とその友達らしき女子生徒たち。全員が猫耳を付けていて、テーブルに座る猫に顔を寄せている。編集してあるのか、ポップな音楽と共に女子たちの頬に付いている猫のひげが揺れていた。

「……楽しそう。それに、良く似合ってる」

「えへへ、ありがとうございます。じゃあ、悠人パイセン。やってみましょっか？」

「どうして今の流れで俺になるかな。よく分からないけど、こういうの普通男子はやらないだろ」

「だからこそあえてやるんじゃないですか。こんな機会、滅多にありませんし」

見れば、月乃は何か期待するような眼差《まなざ》しで、じーっとこちらを見ている。

……マジか。やるしかないのか。

「別にいいけどさ……絶対笑うなよ」

「笑うはずないじゃないですか！　ウチはパイセンのこと、生徒会で一番リスペクトしてるんですから！」

槍原に同調するみたいに月乃まで頷いている。仕方ないな……。

俯《うつむ》きながら、猫耳のカチューシャを頭に装着。

顔を上げた。

爆笑する槍原がそこにいた。

「ぶはははっ。パイセン、最高です。超似合ってますよ」

こいつ、五秒前に自分が何言ったのか覚えてないのかな。

その槍原の隣で、月乃はいつもと同じクールな表情で俺を見つめていた。見事なくらいノーリアクション。月の天使、恐るべし。

「おい後輩、先輩に恥をかかせてそんなに楽しいか？」

「くく……っ。いや、付き合ってくれてありがとうございます。パイセンのそういうノリがいいとこ、好きですよ？」

言いながら、スマホで俺を撮影する槍原。もう好きにしてくれ。

「ねえ、悠人。わたしも一枚、良い？」

「そうか、月乃まで俺の恥を記録に残したいんだな」

「そうじゃないよ？　悠人の猫耳、似合ってるから。とても可愛いよ？」

本当かよ……とも思ったけど、月乃が言うなら本心なんだろうな、きっと。

「はー、良い物見れた。じゃあ、今度は月乃先輩お願いします」

「……わたしも、やるの？」

「だって、せっかく『ねここねこ』に来てくれたんですもん。見てみたいなー、猫耳の月乃先輩」

「でも、カフェでするのはちょっと恥ずかしい、かも」

「あう、そうですか……。残念だなぁ、月乃先輩可愛いのに。ねっ、パイセン？」

「ん……確かに、月乃なら似合うかもな」

それは——見てみたい。とても見てみたい。

けど、月乃って友達でわいわいみたいなノリは得意じゃないし、嫌なら無理にさせたくない——そう、考えてたのだけど。

俺の一言に、月乃は真剣な表情を浮かべていた。

「悠人は、わたしの猫耳、見てみたいの？」

「えっ……ま、まあ。月乃の猫耳なんて見たことないし。こんな機会でもないとお目にかかれないだろうしな、うん」

「そっか。……うん、分かった。悠人が見たいなら、頑張る」

それは、俺のために、と言ってくれてるみたいで。胸が高鳴るのが自分で分かった。

一度だけ深呼吸をして、月乃はゆっくりと猫耳を付けると——。

「——どう、かな」

「あ、ああ……びっくりするくらい、似合ってる」

それが、自然に口から出た素直な感想だ。

神秘的な髪の色と可愛らしい猫耳、そして可憐な顔立ち。その姿はまるで、由緒正しい血統書を持つ白猫のよう。

あまりに愛くるしく、あまりに幻想的だった。

「その、月乃って猫みたいだな、って思う時もあるし。えっと……可愛いよ、すごく」

「——っ」

一瞬で、ぼっ、と月乃の顔が赤くなった。

ああ、そっか。こんなに真面目に、可愛い、なんて言葉言ったことないもんな。

俺と月乃は、幼馴染でしかなかったんだから。

「そ、そっか。……えと、ありがと」

月乃は頬を染めたまま、上目遣いで俺を見ると、

「ねえ、もし良かったら――頭、撫でて欲しい。猫みたいに、優しく」

「えっ⁉　い、いやでも、檜原もいるし――」

「それは、大丈夫。……檜原さん、今はいないから」

……………………はい？

見れば、月乃の言葉通り、檜原がいた席には誰もいなかった。

さっきまで確かにいたのに、いつの間に……⁉

「ねっ、悠人。……お願い」

「…………」

月乃が口にする、お願いという言葉の意味なら、俺だってよく理解してる。それに、頭を撫でるくらいどうってことないじゃないか。

だって、これはデートなんだから。

「……わ、分かった。別に、これくらい普通だもんな」

「うん、気にしないでいいよ？　今のわたしは、ただの猫だから」

そう、月乃は猫だ。そう思い込むことにしよう。

そっと、大切な宝物に触れるように、月乃の頭を撫でる。

思わず溜《た》め息《いき》が零れそうなくらい、さらさらした髪。月乃はまるで本物の猫のように、くー、と気持ち良さそうに目を細めた。

「……あれ、意外と大丈夫だな。もっと恥ずかしいかなって思ってたけど」

「悠人、平気なの？」

「考えてみれば月乃の頭を撫でるなんて初めてじゃないしな。幼馴染でお隣さんだから、
こういうのあんまり抵抗なかったし」

「……むー」

俺のいつもと変わらない反応に、不満げに頬を膨らませる月乃。すると、

「じゃあ、別のことしてみる？　今まで幼馴染同士だと出来なかったようなこと」

「なるほど。まあ、今日は特別な日だし良いけど……たとえば？」

「えっと、本物の猫なら頭を撫でる以外に――耳を触ったりしたら、喜ぶよ？」

「えっ……」

それってつまり、俺が月乃の耳を触る、ってこと……？

い、いや、別に全然健全なとこだけど。でもなんだろう、付き合ってもいない男女がし
ていいスキンシップじゃないような気が……。

「わたしは、悠人ならいいよ？　大丈夫、ただの猫だって思えば平気だから」

「……そ、そうか」

羞恥心は否めない。けど、月乃が望んでいるのなら。

月乃の髪の毛から、耳へと指を移す。もちろん猫耳じゃなくて、本物の月乃の耳だ。

何も恥ずかしがることなんてない。だって、ただの耳なんだから。

そう自分に言い聞かせて、ふに、と耳を撫でて――。

「ふあっ――」

月乃が零した甘い吐息に、一瞬頭が真っ白になった。

「ど、どうした？　もしかして痛かったか？」

「……ううん、大丈夫。ちょっと、くすぐったかっただけだから」

「そ、そっか」

続けて、月乃の柔らかい耳に触れる。

ふにふに、と優しくつまむ度に、月乃は「んっ」と小さな声を零す。

今の月乃からは普段の無表情が消え、代わりに快感を我慢するような顔をしていた。

こんな月乃、今まで見たことない。

……なんだろ。何だか、とてもイケないことをしてるような気がする。

身体《からだ》が熱くなるのを感じて、俺は月乃の耳から指を離《や》した。

「な、なあ、もういいだろ。そろそろ止めにしないか？」

「……うん、そうだね」

わずかに赤らんだ顔で、ふう、と月乃が呼吸を整える。

「耳ってこんなにくすぐったいんだ。誰かに触られるなんて初めてだから知らなかった。……ねえ、他にも猫が触られて喜ぶ場所があるんだけど」

「まだあるのかよ……。ちなみに、それってどこだよ？」

「おしりの辺り。とんとんって触ってあげると、気持ち良さそうにするんだよ？」

「出来るかっ、そんなこと！」

思わず、全力で声が出てた。

そんな俺に、くす、と月乃が小さく笑った。

「じゃあ、止めとこっか。わたしは照れた悠人が見れただけで満足だから。……だって、幼馴染としてじゃなくて、女の子として見てくれたってことだもん」

「……それは、否定しないけど」

言いたいことは色々あるけど、まあいっか。

月乃が喜んでくれたのだ。デートとして、これ以上の成功はないだろうし。

槍原が戻ってきたのは、それから五分後くらいのことだった。

「あれ、月乃先輩どこです？　姿が見えませんけど」

「ほら、あそこ」

離れた場所で、白猫に店内で販売してたちゅーるをあげる月乃を指さす。ぺろぺろとおやつを舐《な》める猫の姿を、月乃は優し気に見下ろしていた。

　俺も他の猫にエサをあげたかったのだが、どの猫も俺が近寄ると知らんぷりするので仕方なく眺めるだけだ。もしかして俺、猫に嫌われてない？

「っていうか、何食わぬ顔で戻って来てるけどさ。槍原、何も言わないで席を立ったのって、俺らに気を遣ってだろ？」

「さー、何のことでしょ。ウチは店長に呼ばれたからそっち行っただけですよ？」

　とぼけた顔をしてるけど、絶対嘘《うそ》だ。

　こう見えて誰よりも気が利くんだよな、槍原って。

「けど、びっくりしましたよー。まさか、月乃先輩がパイセンのこと好きだったなんて。生徒会の恋愛通を自称してたのに、ちっとも気づきませんでした」

　無理もない。月乃は俺が好きって気持ちを、他でもない俺に知られたくなくてずっと隠してたんだから。

「でも、考えてみたら当然かもですね。悠人パイセンと月乃先輩って傍《はた》から見れば、これで付き合ってないの嘘でしょ、ってくらい仲良かったですし」

「……そんなものかな。世の中の幼馴染同士って、こんなものだと思うけど」

「毎朝起こしたりご飯作ったりするのがフツーの幼馴染なはずないでしょ。初めてその話聞いた時、月乃先輩の通い妻じゃんって思いましたもん」

　槍原は呆《あき》れたように笑うと、

「これが幼馴染の友情ってやつなのかなー、とか思ってたんですけど。少なくとも、月乃先輩は違ったみたいですね」

「……少なくとも、ね」

檜原の言いたいことは分かる。月乃は俺に想《おも》いを寄せてたかもしれないが、少なくとも俺は、月乃のことを幼馴染としてしか見ていなかった。

だってその頃の俺は、日向に初恋をしてたんだから。

「えっと、余計なお世話かもですけど。パイセン、無理とかしてないですよね？」

「無理、って？」

「だってその……パイセンって、日向会長のことが好きでしたし。月乃先輩から告られたみたいですけど、大丈夫かなって」

ああ、なるほど。つまり、俺が日向への初恋を忘れられないのに月乃に告白をされて苦悩している、と。そう檜原は心配してくれてるのか。

実際、初めて月乃に告白をされたあの夜。俺は月乃の気持ちに応えられずに情けない思いをしたこともあった——だけど、だからこそ言える。

檜原が心配してるようなことは、絶対にあり得ないって。

「無理なんてしてないよ。っていうか、そんな中途半端な気持ちで月乃とデートするなんて、最低だろ」

まるで迷いのない言葉が意外だったのか、檜原が目を丸くした。

「あいつは本気で俺を好きだって言ってくれたんだから。俺だって真剣に月乃の気持ちに向き合わなきゃ、男どころか幼馴染としてだって隣にいる資格なんてないよ」

「えっ——じゃあパイセン、日向会長のことは……？」

「俺なりにケジメは付けたつもり。日向はもう、同級生じゃなくて家族だからな」

虚勢や見栄《みえ》なんかじゃない。これは紛れもない本心だ。

だからこそ俺は、日向と最初で最後のデートをしたのだから。

「……パイセン、凄《すご》いですね。あんなに日向会長にガチ恋してたのに」

「ガチ恋って、お前なぁ」

「や、これは冗談とかじゃないですよ？　誰が見たって日向会長に一途でしたもん。こんなにずっと好きなくせにいつ告白するんだろ、って思ってたくらいですもん」

むぐ……まあ、似たようなこと月乃にも言われたけど。

「だから、パイセンは立派です。初恋だった人が母親違いのお姉さんって不幸な目に遭っても、誰のせいにもしないで前を向いてるんですから」

「……なんか、お前にちゃんと褒められるの初めてな気がする」

「失礼な。ウチはいつでもパイセンのこと尊敬してますよ？　パイセンくらい生真面目で純朴な少年、絶滅寸前ですもん」

「良かった、やっぱり俺のこといじってたんだな。なんか逆に安心した」

そう、日向への気持ちに俺なりの答えは出したつもりだ。

だから今度は——月乃への気持ちに、向き合わなきゃいけない。

幼馴染としてではなく、一人の少女として月乃のことをどう思っているのか。それを知るためには、時間が必要だと思うから。

「ねえ、悠人。見て見て」

その声音に視線を移せば、月乃が猫の喉をくすぐるように撫でていた。

「この子、喉をごろごろ鳴らしてる。今なら、悠人も触らせてくれるかもしれないよ？」

「ん、そっか。なら、機嫌が良い内に俺も構ってもらわないとな」

小さく笑う槍原を一瞥《いちべつ》してから、月乃へ歩み寄る。

俺と月乃が過ごした幼馴染っていう時間はあまりにも長くて、それが当たり前だって思ってた。だけど、きっと少しずつ変わっていけるよな。

これはまだ、初めてのデートなんだから。

……ちなみに、だけど。

俺が近寄ると白猫は逃げるように去って行ったのは、あくまで余談だ。

二章　ホラーシネマ・パラダイス／家族だから／女神のぬくもり

聖夜祭まで、残り三週間とちょっと。

各クラスと部活では企画が決定して、学校全体が慌ただしい雰囲気になっているのが分かる。もちろん、俺のクラスもやる気にあふれていた。

……とは言っても。

「なあ悠人《ゆうと》。俺らが今度やる喫茶店さ、調理担当が少ねえんだって。お前普段料理とかするんだろ？　ちょっとやってくんないかな」

「あっ、悪い。俺生徒会だから、あんまり手伝えないと思う」

「あー、そういえばそうだったな……。こっちこそすまん」

こんな風に、俺はあまりクラスの出し物に参加出来ないんだけど。

生徒会では毎日のように生徒会活動が行われていて、締め切り直前の漫画家部屋ってこんな感じなのかな、って思うくらい生徒会室はばたばたしていた。

書記の俺は会計を担当していて、備品の予算を管理していた。お金のことまで任されるなんて身が引き締まるが、昔から俺たちの高校は生徒の自主性を重んじてるらしい。

そんなわけで、最近は学校だけでなく自宅でも生徒会の仕事を行っていた。

（これだと予算が少しだけオーバーするか。でも美術部の人たちには自由に作ってもらい

たいし……うん、他の予算を回そう。後で生徒会のグループチャットでみんなに報告しないと)

リビングのテーブルに資料を広げていると、ことん、と目の前に二人分のコーヒーが置かれる。

部屋着姿の日向《ひなた》だった。

「お、ありがと。悪いな、わざわざ俺のために作ってくれて」

「頑張ってる弟クンのためだから。これくらい、なんてことないよ?」

向かいに日向が座る。こうしてお互い生徒会活動するのが、日課になりつつある。

「それなら日向の方がよっぽど頑張ってると思うけど。最近の日向って、ずっと生徒会室にいるもんな」

「企画の相談で毎日誰かしら生徒会室に来るからね。結構、みんな考えてるみたい」

「企画って、たとえば？」

「えっと、文芸部は参加者全員で作るリレー小説で、手芸部は冬をテーマにした編み物を展示するんだって。あと柔道部は空手部と合同で校内最強を決めるトーナメント戦をやるみたいで、許可を出すかすごく悩んだんだけど、顧問の指示に従って安全に配慮するようお願いしたかな」

……まあ年に一度のお祭りだし、それくらい無茶苦茶な方がいいか、うん。

「あとは、そうだね……あっ」

日向は何かを思い出したように、どよーん、と暗い顔をした。

「ひ、日向？　どうした、やっぱりトーナメント戦はマズいか？」

「うぅん、そうじゃなくて。今度の聖夜祭で映研が自主制作映画の上映会をするんだけど、ちょっと刺激が強い表現とかあるかもしれないから、私が一度内容を確認することになったんだ」

「それで、どうしてそんなに落ち込むんだ？」

「……笑わない？」

やけに真剣なトーンで、日向は言った。

「映研が作ったのってホラー映画なんだけど……私、ホラー系苦手なんだ」

「え」

笑いこそしなかったが、驚いた。日向にそんな弱点があったなんて。

「知らなかった。遊園地の絶叫系とかは楽しんでたし、ホラー映画も平気そうな感じがするのに」

「そ、そうかな？　でも、薄暗い雰囲気とかどうしても慣れなくて……。それに、ホラー映画って悲しい結末も多いでしょ？　それも苦手なんだ」

「あー、確かにああいう系ってバッドエンド多いもんな」

まさか、フィクションの人物の不幸にまで落ち込んでしまうなんて。優しいのか、それとも真面目《まじめ》なのか。多分どっちもだ。

「あんまり、みんなには言わないでね？　恥ずかしいから」

「そんな大げさな。別に普通のことだと思うけど」

「だって、怖がりなんてバレたら生徒会長の威厳がなくなっちゃうもん」

「そういうの気にしてたんだ……」

「悠人君が家族だから話したんだからね。二人だけの内緒、だよ？」

まあ、日向がそう言うなら。けど、苦手な映画って知りながらそれでも逃げないのは、映画研究部の努力を無駄にしたくないから、なんだろうな。

そこで、はっ、と。日向は俺を見つめると、

「ね、ねえ、悠人君さえ良かったらなんだけど……私と、付き合ってくれない？」

「付き合うって……まさか」

「うん、ホラー映画。私一人だと怖くて何か見逃しちゃうかもしれないし……ほ、ほら、私たちってもう家族なんだし、映画くらい二人で観ても平気だよね？」

あたふたと手を振る日向。なんだ、そんなことか。

「全然いいぞ。俺は苦手ってわけじゃないし」

「……ほ、ほんとに？」

「日向には聖夜祭の準備で世話になってるしな。日向のためになるなら、喜んで」

「やったっ、ありがと。親切な弟クンがいて幸せだなぁ」

日向の顔に浮かぶ、やけに上機嫌な笑顔。どう見てもこれからホラー映画観ますって顔

じゃない気が。

けど、日向と映画、か。

楽しい時間になりそうだな、って素直に思った。

ホラー映画上映会が始まったのは、それからすぐのことだった。

まだ再生ボタンも押していないのに、日向はノートパソコンの前でもう泣きそうな顔をしている。

「ねえ、悠人君。どうして人って、わざわざ怖い思いをさせるための映画なんて作るのかな……？」

「世界中のホラー映画愛好家を敵に回すようなこと言い出したな……。怖いなら止《や》めておくか？」

「……だ、大丈夫。これでも生徒会長だもん」

ソファに腰を下ろした日向が、ぎゅっとふわしばのぬいぐるみを抱きしめた。

「そのぬいぐるみ、俺とお揃《そろ》いのやつだよな。大切にしてくれてるんだな」

「だって、悠人君のプレゼントだから。友達にこのぬいぐるみの写真見せたら、懐かしいって喜んでくれてたよ？　今度の聖夜祭でも、ふわしばのグッズ作るって張り切ってたもん」

日向、ふわしばの布教活動なんてしてたのか。それだけ好きなら、怖いからと一緒に鑑賞するのも頷ける。

けれど、日向が大切そうにぬいぐるみを抱く姿は……その、もう俺たちは家族だけど。

可愛《かわい》いな、なんてつい思ってしまった。

「よし、それじゃあ観るか」

無理やり思考を切り替えて、映画を再生させた。どうやらカップルらしい。

画面に映るのは、幸せそうな男女の高校生。

「この二人が、今回の生贄《いけにえ》になっちゃうんだね……」

「いや言い方。そうなんだろうけど、改めて言われると悲しくなるんだが」

「う〜……どうかこのまま、何事もなく映画が終わりますように」

それホラー映画として致命的に問題があるのでは……？

内容を見てみると、高校生のカップルは度胸試しでとある廃病院を探索する……と、ふと気になることが。

「ここってもしかして、隣町にある本物の心霊スポットじゃ……？」

「し、心霊スポット……!?」

「あ、ああ。テレビの取材が来たこともあるらしいぞ？　地元の人間だっておっかなくて近寄らないのに、学生が作った割に本格的だな……」

「……決めた。これ観終わったら映研の人たちを神社でお祓《はら》いしよ。悪霊とか憑《つ》いてても不思議じゃないよ……！」

無茶苦茶なことを言ってるけど、会話が出来るならまだ余裕がある証拠だ。

高校生のカップルは荒れ果てた病院内を恐る恐る進んでいくが、女子生徒が何かにつまずき転んでしまう。その何かとは、血まみれの死体だった。そして、視線の先には鮮血が滴るメスを持った白衣の殺人鬼が――と、この辺りから、明らかに日向の口数が減っていた。

「大丈夫か？　無理そうなら、休憩してもいいけど」

「……き、気にしないで？　私は平気だから」

なんて言ってるけど、やっぱり怖いんだろうな。ふわしばを胸に抱いたまま、ちっとも離そうとしない。

「あのさ、もう少し傍《そば》に寄ろうか？」

「……えっ？」

「隣に誰かいた方が、ちょっとは怖さも誤魔化せるかもしれないから。余計なお節介かもしれないけど……」

「……そ、そんなことないよ？　えと、じゃあお言葉に甘えて」

体温が伝わりそうなくらい近い、日向との距離。少し身じろぎすれば身体《からだ》が触れ合ってしまいそうで、鼓動が速くなるのが分かった。

……全く気にならない、って言えば嘘《うそ》になる。昔みたいに同級生同士なら、きっと緊張で頭が真っ白になってただろう。

でも、別にこれくらいの距離感、どうってことない。

だって、日向は家族なんだから。

それより今は映画だ。気がつけば、物語はホラーっぽさを増していた。

「うわ、殺人鬼のメイク凝ってるな。高校生が作ったとは思えないんだけど、もしかして俺たちの高校の映研ってレベル高いのか？」

「…………………」

「……日向？」

「ふえっ⁉　なな、何のことかな悠人君⁉」

心ここにあらず、といった感じの日向。もしかして、と俺は映画を一時停止する。

「やっぱり、もう止めとこうか。日向、限界が近いみたいだし。よく頑張ったよ、この先は俺一人で確認を――」

「わ、私なら何ともないからっ！　お願い、もうちょっとこのままで……！」

「そ、そうか？　その割には、ぼーっとしてた気がするけど」

「う、うん。怖かったのはホントだけど、今は悠人君が近くにいてくれてるから。だから、大丈夫だよ？」

「……そっか。なら、エンドロールまで頑張ってみるか」

再生ボタンを押して、改めて映画を一緒に観る。

けど、やっぱりさっきの日向の様子はおかしかったよな……。大丈夫かな、日向。

◇

何ともない、なんて悠人君には言ったけど、ちっとも大丈夫なんかじゃなかった。

さっきまでは、不穏な映像や無音の演出のせいで怖くて仕方なかった。けど、今は映画を観てる時より胸がどきどきして、どうにかなってしまいそう。

理由なんて一つしかない——すぐ隣に、悠人君がいるから。

(……こんなに近いなんて、遊園地の時以来かも)

悠人君のぬくもりが、すぐ傍に感じられる。それだけで、胸の奥からあったかいものが広がるのが分かる。

こっそり、悠人君の横顔を見る。

悠人君は映画に集中してるのか、画面から目を離さない。暗い部屋の中、真剣な表情をした悠人君の顔が、モニターの光に照らされている。

——やっぱり、カッコいいなぁ、悠人君。

(い、いやいや、そんな恥ずかしいこと考えてる場合じゃなくて……!)

悠人君が付き合ってくれてるんだから、映画に集中しないと。そう頭では分かっていても、どうしても悠人君のことが気になってしまう。

……いや、悠人君のことが頭から離れないのは、必然なんだろうな。

悠人君と一緒に映画が観たい。ただそれだけのために、怖い思いを我慢してまで映画に誘ったんだから。

……ホントは、悠人君にそういうのを求めるのは間違ってるのかもしれない。私と悠人君はもう同級生じゃなくて、家族なんだから。

だけど、悠人君が月乃《つきの》ちゃんとデートするって口にしたあの日から、何だか心がそわそわして落ち着かない。

いつか、月乃ちゃんが悠人君の恋人になるかもしれない――そう思うと胸がきゅっとして、二人のことばかり考えてしまう。

ただの姉である私に、悠人君と月乃ちゃんの関係を思い悩む権利なんてないのに。

でも、と思う。

だからこそ、悠人君と一緒に映画を観るくらい、別にいいよね？

悠人君のために料理を作ったり、ご飯を一緒に食べたり、二人で買い物に出掛けたり、おかえりと言って出迎えたり、寝る時にはおやすみって言葉を交わしたり。

そんな、同級生や幼馴染《おさななじみ》じゃなくて、家族だからこそ過ごせる悠人君との時間を大切にしたい。

だから、こんな近い距離で悠人君と映画を観たって許されるはず。

だって、家族だから。これが姉の特権なんだから。

見れば、映画の方は佳境に入ってるみたいだった。途中から映画どころじゃなかったから物語の展開は分からないけど、登場人物のカップルがパニックになっている。

その映像だけで、これから起こるであろう悲劇に不安を抱いてしまう。

けど大丈夫、すぐ傍には悠人君がいるから——そう思った時だ。ぎゅっと、右手があたたかい感触に包まれる。

突然、悠人君が私の手を繋《つな》いでいた。

……うん、大事なことだからもう一度言おっか。

悠人君が、私の、手を繋いだのだ。

（〜〜〜っ⁉）

驚きすぎて、逆に声なんて出なかった。

食い入るように映画を観ていた悠人君は、私に視線を送ると、

「あっ……ごめん。もしかして、嫌だった？」

「う、ううんっ！　そんなことないよ、いきなりでびっくりしただけだから」

どうして、悠人君は急に手を繋いできたんだろう。

……もしかして、私が怖がってるかも、って心配してくれたから？

悠人君が手を離そうとした直後、まるで引き止めるように、今度は私が手を握った。

「ま、待って。……もうちょっとだけ、このままじゃダメ？」

「……日向？」

「悠人君が手を繋いでくれてたら、怖いの我慢出来ると思うから。その、悠人君さえ迷惑

じゃなければ、だけど……」

「えっ……そ、そっか。うん、日向がそう言うなら、俺は構わないけど。そのぬいぐるみも、日向にずっと抱き締められてて可哀想《かわいそう》だしな」

「……あ、ありがと」

うん、これくらいならセーフ。異性として悠人君を意識してなんかない。

だって、悠人君が家族として心配して手を繋いでくれてるだけなんだから。

悠人君と付き合ったらこんな風に映画を観てたのかなあ、なんて。ちっとも、これっぽっちも、一ミクロンも思ってなんかいない。それはもう、全っ然違うんだから。

……なんて、思っていたのだけど。

（っ！　ゆ、悠人君、また手をぎゅって……！）

悠人君から強く手を握られる度に、胸が弾んでしまう。

告白すれば、映画なんかより、悠人君のことで頭がいっぱいだった。

（でも、悠人君から手を繋いでくれるなんて……。ちょっと前までは、同級生の頃みたいな距離感だったのに）

悠人君も、私のことを家族だって思ってくれてる、ってことなのかな。

……そのせいで、こんなにどきどきさせられてるのだけど。

◆

どきどきしていない、って言えば嘘になる。

だって、こんなの聞いてない。まさか、日向と手繋ぎで映画を観るなんて——やばい、今の状況を振り返っただけで顔が熱くなるのが分かる。

緊張するな、ってのが無理な話だ。これは家族のラインを越えている。一体誰なんだ、日向と恋人みたいに手を繋ぐ、なんて姉弟にあるまじきことをしだした奴《やつ》は。

俺だった。

いや、違うんです。確かに俺から手を繋ぎに行ったけど、わざとじゃない。

思った以上に映画のクオリティが高くて、つい日向の手を握ってしまっただけなのだ。

日向に情けない姿とか見せたくなくて、声が出るのを抑えようとしてつい力んでしまって……というわけだ。

そして、緊張を忘れようと映画に集中しようとすると、演出に驚いてしまってつい日向の手を強く握ってしまい再び緊張する、ってことを繰り返している。なにこの悪循環。

（……意識するなっていう方が無理なんだろうな、やっぱり）

何しろ、日向は元同級生なわけだし。少しずつ家族らしくなれてはいるが、こうも距離が近すぎたらどうしても女の子として見てしまう。

それは仕方ない部分がある。まだ俺と日向は家族になったばかりなんだから。

（とはいえ、この状況はちょっと……！）

異性と手を繋いだ経験なんて、月乃を除けば数えるくらいしかない。日向とは初めてではないけど、それでも動揺はしてしまう。

……い、いやいや、何を考えてるんだ。日向は俺の家族だろ。やっぱり、平常心を保つためには映画に集中するしかない。

……そう思っていたのに、予想してなかったほどの最悪な展開が待っていた。

映画は終盤に差し掛かっており、殺人鬼から逃げ切ったカップルの二人は生きて廃病院から生還しようと誓っていて――その、なんというか。

高校生なのにキスシーンが流れたのだ。

それはもう、たっぷりと長い時間で。

「…………………」

「…………………」

濃厚な口づけを交わすカップルを前に、フリーズする俺と日向。

物凄《ものすご》い気まずさと沈黙の中、俺と日向は慌てたように口を開いた。

「ま、まさかこんなシーンがあるなんてな！　ちょっと厳しいかもしれないけど、聖夜祭で流すには問題あるかもしれないな！　いや、俺は全然平気だけど、念のためな⁉」

「う、うんうんっ！　映研の人とは相談しないと！　高校生同士で堂々とキスっていうのは、その、どうなのかなあって！　私はこういう愛のカタチもあるとは思うけどね⁉」

まずい、喋《しゃべ》れば喋るほどお互い泥沼に沈んで行ってる気がする。

けど、動揺する俺の気持ちも分かって欲しい。どうして日向と手を繋いでる時に限ってそういうシーンが流れるのか。

けど、そのおかげというべきなのか、手繋ぎしてた時のそわそわした空気は完全に消え、キスシーンが終わった後は自然に映画に集中出来ていた。

映画の中では、先程まで愛を確かめ合っていたカップルが再び殺人鬼に襲われ、二人は離れ離れになってしまう。彼女ははぐれた彼氏の無事を祈りながら、涙を流して捜し回る。

日向の表情には、恐怖だけでなく不安の感情も滲《にじ》んでいた。まるで、カップルの悲劇に胸を痛めるように。

「…………………」

——ホラー映画って悲しい結末も多いでしょ？　それも苦手なんだ。

日向の言葉を思い出して、さり気なく手を近づける。今度は驚いたからではなく、純粋に心配だったから。

そっと、日向が俺の手の甲に手を合わせた。

「ありがと、心配してくれたんだ？　……でもここまで観たんだもん、最後まで頑張ってみる。この二人がどうなっちゃうのか、ちょっと怖いけど」

……そこまで言うなら、日向の意志を尊重してあげたい。

けれど、日向の不安を煽《あお》るかのように映画は悲惨さを増していく。彼女は彼氏を見つけるが、彼は殺人鬼に襲われ全身が血まみれになっている。そのすぐ隣では白衣の殺人鬼が、解剖するかのようにメスを振りかぶり、やがて――。

「――っ」

心が軋《きし》んだような小さな悲鳴が、隣で聞こえた。

こんなのありかよ、と思う。ホラーが苦手な日向がここまで頑張って、なのに映画は悲しい結末を迎えようとしている――だから、だろう。

反射的に、俺は日向を自分の胸に抱き寄せていた。

バッドエンドを、日向に見せたくなかったから。

「あっ――」

日向の息を呑《の》む音と、映画の中の少女の悲鳴が響き渡るのは同時だった。

……しかし、彼氏は抵抗し凶器のメスが逆に殺人鬼に突き刺さる。その隙に彼女は彼氏を支え、一緒に非常口から脱出し、廃病院を背景にエンドロールが流れた。

……どうやら、バッドエンドになると思った俺の予想は裏切られたらしい。

「ご、ごめん。あのままだと、悲惨な終わり方になるって思ったから。その、勝手に身体が動いて……」

「……ううん、いい。多分、悠人君が隠してくれなかったら、私が目を逸《そ》らしてたもん」

胸に顔を埋めたまま、日向が口にした。

良かった。やっぱり、日向もつらかったんだな。

「どうだった？　映研の映画、何とか観終わったけど」

「とりあえず、相談したいところは見つかったかな。でも、今度映研の人が作った映画を観る時は、ホラー以外がいいかな、っていうのが正直な感想かな」

「それは同感だな。俺もずっとハラハラさせられたし……色んな意味で」

けど、弟としての責務は果たせたような気がするし、これで良かったんだろうな。

……それはそうと。

「あの、確かに俺が日向を引き寄せたけどさ。そろそろ離れてくれないと動けないんだけど……」

「ご、ごめんね？　今はちょっと動けないかも。……多分、顔が赤くなってるから」

そう口にする日向の耳は、真っ赤になっていた。

三章　聖夜の告白／ちょっとおかしな日向《ひなた》さん／二つの道

放課後に聞こえてくる喧噪《けんそう》は、まるでクリスマスの足音みたいだった。

聖夜祭まで残り二週間ほど。ほとんどのクラスや部活は企画の準備を進めていて、校舎全体が慌ただしい空気に満ちている。

廊下を渡るだけでも、喫茶店で出すと思われるミルクティーの甘い匂いがするし、生徒たちが派手な看板を作っているし、ゾンビメイクの生徒が当然のように目の前を歩いていた。

学校とは思えない非日常の光景。紛《まが》うことなく聖夜祭のシーズンだった。

生徒会室に入ると、何人もの生徒が忙《せわ》しなく作業をしている。

その中には、何かを相談している日向《ひなた》と月乃《つきの》の姿もあった。

「会長。一年A組から、メニュー追加の申請がありました。たこ焼きとお好み焼きだけど、どうしよっか」

「アルコール以外の飲食なら認められてるから、問題なしって伝えてくれるかな。でも、ガスは禁止だからIHの使用を徹底してね？」

こうして見ると、如何《いか》にも優秀な生徒会長とクールな副会長、って感じだ。

「おつかれ。聖夜祭間近ってだけあって、やっぱり忙しそうだな」

「あっ、悠人《ゆうと》。うん、知らない人とたくさん話さないといけないから、結構大変。だけど、会長の方がもっと引っ張りだこだから」

「生徒会長だからね。けど、月乃ちゃんがいてくれてすごく助かってるよ？」

「……ほんと？」

「月乃ちゃん、真面目《まじめ》に頑張ってくれてるから。他の生徒からも、無口だけど真剣に話を聞いてくれる、って高評価だよ？」

「………………」

あっ、幼馴染《おさななじみ》だから分かるけど、これ本気で照れてるやつだ。

月乃って、日向のことを心から尊敬してるところがあるからなぁ。日向に褒められるって、きっと特別なことなんだろう。

「でも、まだまだ生徒からの質問や要望は多いんだよね。聖夜祭用のメールフォルダ、五〇通くらい溜《た》まってるんだ」

「五〇⁉　日向、そんなに仕事があるのか？」

「頼ってくれるのはすごく嬉《うれ》しいんだけど、今度の休日を生徒会活動に充てないと間に合わないかも……」

「……じゃあ、一緒にする？　今度の休日、三人で」

ぽつりと口にした月乃の提案に、俺も日向も目を丸くした。

「一緒にって、聖夜祭の準備をか？」

「うん。生徒からの疑問なら、副会長のわたしでも答えられるかも。そうすれば、ちょっとは日向さんの負担が軽くなるよね？」

「私のためにそこまで……？　月乃ちゃんっ、あなたは最高の副会長だよ！」

日向は月乃に抱きつくと、子猫を愛《め》でるが如《ごと》く頭をなでなでする。やめてあげてくださ い日向さん、月乃はいつもの無表情だけどそれ確実に照れてます。

けれど、同時に俺は別のことにも驚いていた。

あの人見知りな月乃が、誰かを休日に誘うなんて。俺の知る限り初めてのことだ。それくらい、日向のことを信頼してる、ってことだろうか。

だとしたら、それは素直に嬉しい。

俺と日向と月乃の関係は、三角関係として拗《こじ》れてもおかしくないくらい複雑だ。それだけに、月乃が日向に対して親愛の感情があるのは、喜ばしいことだ。

そう思っている時だ。

後輩の槍原《やりはら》が「ちゃっすー」と生徒会室に入るなり、日向に数枚の用紙を差し出した。

「会長、おつかれさまでーす。これ、今日締め切りのやつですよー」

「ありがとう、槍原さん。じゃあね、月乃ちゃん。あとでまた連絡するね」

日向が生徒会長の席に戻る。なんだろう、あの紙の束。

「槍原。さっきのやつ、何かの企画か？」

「ウチもよく知らないんですけど、生徒会が進めてる企画の参加用紙みたいですよ？　名前は、えっと……『聖夜の告白』、でしたっけ」

あー、あれか。月乃もピンときたようで、俺たちは互いに顔を見合わせる。

「パイセンと月乃先輩、知ってるんですか？」

「うん、聖夜祭の恒例行事。聖夜祭の終わり頃に、生徒が屋上から叫ぶの。絶対に受験合格するぞ、とか。記録だと一番古い聖夜祭から存在してて、ある意味だと一番有名かも」

「へー！　そんなのあるんですね、まるでユーチューブみたいじゃないですか」

槍原が目を輝かせる。こういう派手なイベントが好きなのかな。

「じゃあじゃあ、もしかしてですけど……愛の告白、とかあります？」

「まあ、あるにはあるな」

「うわ、マジですか。なんか、これぞアオハル！　って感じですね。……でもそれって、何か成功するのが前提っぽくないですか？」

「成功って、告白が？」

「だって、たくさんの人の前でフラれたらカッコ悪いじゃないですか。下手したら卒業までイジられるかもしれませんし。だから、実はこっそり付き合ってて、思い出作りで聖夜祭に告白するっていう生徒が多そうだなーって」

「恋愛事になるとやけに鋭いな、槍原」

「ま、ウチは名探偵ですから？　んで、実際のとこどうなんです？」

「多分、それ当たってるな。実際、『聖夜の告白』のプロポーズの成功率ってかなり高いみたいだし。だから、今では絶対成功するって分かってる人しか参加しないらしいぞ」

「パイセン、やけに詳しいですね。もしかして興味あります？」

「……そんなわけないだろ。生徒会の人間だから嫌でも耳に入ってくるだけだ」

そう、興味があるわけじゃない。正しくは、過去に興味があった、だ。

何しろ、誠に遺憾ながら、今すぐ消し去りたい忌まわしい記憶ながら――俺は『聖夜の告白』で、日向に告白しようと考えてたんだから。

そうすれば、成功しても失敗しても、日向への気持ちが吹っ切れると思ったから。

今思えば踏《ふ》み止《とど》まって大正解だし、もしかしたら日向と恋人になれるかも……なんて甘い幻想を抱いてた自分が馬鹿みたいだ。もし告白なんてしてたら「ごめん、実は悠人君と家族なのー」とか言われて大勢の生徒の前で恥を晒《さら》すところだったぞ。

と、月乃が澄んだ瞳で槍原を見つめながら、

「槍原さんは、『聖夜の告白』で告白したい人とか、いないの？」

「えっ⁉　い、いやいやっ！　こんな場所で言えないですってば。月乃先輩、たまにトンでもないこと言いますねー……」

「そっか。じゃあ、後でこっそり教えてね？」

月乃、やけに『聖夜の告白』に食いついてるな。小さな頃から異性とは無縁だったし、月乃が恋愛話に興味があるとは思えない……なんて、数ヵ月前の俺なら考えてたと思う。

けど、もう俺は知っている。月乃には好きな異性がいて、そいつに告白したことがある

ことを。

今の月乃なら、『聖夜の告白』に興味を示しても何も不思議じゃない。

「でもそうか、『聖夜の告白』をするなら命綱とかちゃんと確認しなくちゃだな」

「命綱？　なんですそれ、告白ついでに屋上からバンジーでもするんですか？」

「そうじゃなくて、フェンスの低い場所で叫ぶなんて危険すぎるってことで、命綱が必須になってるんだよ。ちゃんと安全面に考慮しないといくら聖夜祭でも──」

「ええ────────っ⁉」

それは、あまりに突然だった。

生徒会室に、一人で書類を見ていた日向の叫び声が響き渡る。

きーん、という耳鳴りが聞こえそうな沈黙の中。部屋にいた誰もが、唖然《あぜん》とした表情で席から立ち上がった日向を、呆気《あっけ》に取られたように見ていた。

「……ひ、日向？　どうした、急に大声出して」

「あっ──う、ううんっ！　な、なんでもないから気にしないで？　さっ、聖夜祭まであと二週間！　みんながんばろー！」

「お、おう……」

言いたいことは山ほどあったが、生徒会のみんなは女神の笑顔に流されて各々の作業へと戻る。

けれど、やっぱり日向の様子はどこか変だ。

日向は平静を装うように席についているけど、『聖夜の告白』の参加用紙の一枚をまじまじと見つめて、たまにある方向へと視線を送っていた。

その視線の先にいるのは——月乃、だった。

「……〜〜〜っ」

日向は月乃を見つめたまま、何か言いたげに、きゅっと口を結ぶのだった。

やがて、約束の土曜日。

昼食を終えた頃には、私服姿の月乃が我が家に訪れた。

「なんか月乃、いつもよりきちっとした私服だな。俺が夕食を作る時とか、毎回だぼだぼのセーターなのに」

「日向さんがいるのに、だらしない服装なんて失礼だから。あれは悠人の前だけだよ？」

なるほど、月乃なりに気合を入れて来たのか。良かった、いつも通りの月乃だ。

それに比べて、日向は明らかに普段と違っていた。

「い、いらっしゃい、月乃ちゃん」

「こんにちは、日向さん。今日もお仕事、がんばろ？」

「う、うん！　もちろんだよ、わざわざ遠いとこから月乃ちゃんが来てくれたんだもん。ここまで来るの、大変だったよね？」

「いや、日向。月乃の家からここまで徒歩五秒くらいだし、遠くはないんじゃ……」

「あっ……そ、そうだったね！　月乃ちゃんとはお隣さんだもんね、あはは……」

向日葵《ひまわり》の女神とは思えない、苦笑いを浮かべる日向。

最近の日向はずっとこんな感じだ。あの日——『聖夜の告白』の参加用紙を受け取った時から、やけに動揺している。

それは、月乃も気づいてるようだ。あたふたする日向に、小首を傾《かし》げている。

日向が慌てたようにリビングに去ったのを見計らって、玄関前で声を落として月乃に尋ねた。

(なあ、月乃。最近日向の様子がおかしいんだけどさ、『聖夜の告白』で何か思い当たることとかあるか？　きっかけがあるとしたら、あの時としか思えないんだ)

(うーん……。もしかして、だけど)

澄んだ綺麗《きれい》な瞳で俺を見つめたまま、ささやくように月乃は言う。

(日向さん、誰かに告白されるんじゃないかな。『聖夜の告白』で)

……………………。

はい？

「告白されるって、それってまさか日向に恋人がいるってこと……⁉」

「ゆ、悠人。声が大きいよ。日向さんに聞こえちゃう」

「わ、悪い。ちょっとびっくりしたから……」

待て、待て待て待て。日向が誰かに告白されるだって？

それは——確かに、可能性はゼロじゃない。

ということは、日向にこっそり付き合っていた相手がいた、ってこと？　いや、絶対にそれはない。数ヵ月も一緒に暮らしてる俺が全く気づかないなんて、そんなことあり得るか？　だけど日向みたいな美少女なら彼氏の一人くらいいた方が自然じゃ——。

（もしかして、日向さんに彼氏がいるかも、って心配してるの？　恋人になるのはもう諦めた、って言ったのに……？）

（断じて違う、単純に驚いただけだ！　いやまあ、日向に恋人がいたら複雑な気持ちになるのは、否定できないけど……！）

（……ふーん）

この話はここまで、と言わんばかりに月乃が歩き出す。その時、わずかに見えた月乃の横顔は、むすーっとしていた。

もしかして、俺がまだ日向と家族になったことに未練がある、って思って怒ってる？

待ってくれよ。俺は本気で月乃のことを——。

（ああ、もう……っ！）

どこか拗《す》ねたような月乃の背中を、俺は必死の思いで追いかけるのだった。

「え、えっと、全然ゆっくりしてくれていいからね？　もしこの家で分からないこととか

「あったら、私が案内するから」

「ありがと、でも大丈夫。部屋の構造、わたしの家と同じだから」

「……そ、そうだよねっ！　月乃ちゃんも同じマンションに住んでるもんね！」

おかしいな。どうして家の主である日向より、客人である月乃の方が落ち着いているんだろう……。

でも、俺だって日向のことをとやかく言えないわけで。

「──と。悠人ってば」

「はいっ!?　なな、なんでしょうか月乃さん」

「生徒から寄せられた質問で予算のことがあったから。喫茶店で食器を購入する場合、申請すれば生徒会の予算を使うことは出来ますか、って」

「あ、ああ。それは難しいな。各企画の費用は全部そのクラスが出すことになるから」

こんな風に俺も、心ここにあらず、だった。

もしかしたら、日向が誰かと付き合っているかもしれないこと。そして月乃を傷つけてしまったかもしれないこと。二人の少女のことで頭がいっぱいだった。

日向への初恋を忘れてないことは、否定しない。けど、それでも月乃と一人の少女として向き合ってるつもりでいたし、その覚悟だってあった。

けど、結局はどっちつかずなまま、月乃を怒らせてしまっている。

もしかして俺は、ただの最低な男なのか……？

「……？　悠人君、どうしたの？　今まで見たことがないくらい落ち込んでるけど……」

「いいよ、悠人なら大丈夫だから。それより、聖夜祭の準備を進めないと」

「う、うん、そうだね」

日向と月乃がスマホで生徒からの質問メールを確認する。しかしせっかく三人で集まったのに、会話一つなく淡々と作業だけが進んでいく。

こんな気まずい雰囲気、今まであっただろうか。いや、ない。

「な、なんかいつもより変な感じだね。……あっ、二人に相談したい質問があるんだけど、いいかな⁉」

日向は無理に話題を作るように、質問文を読み上げた。

「合唱のためにピアノの練習がしたいのですが、音楽室のキーボードが故障してしまいました。早急に代用品をお願い出来ませんか。……これ、生徒会の予算じゃ難しいよね。先生にお願いしても、購入まで時間がかかっちゃうし……」

「なるほどな、キーボードか。そういえば月乃って――いや、なんでもない」

不意に言葉を飲み込んだ俺に、日向が訝《いぶか》し気に首を傾げた。

「月乃ちゃんがどうしたの？」

「えっと、月乃って電子ピアノ持ってるから。でも、私物を貸すなんて月乃に悪いし。どうしようかな、って思って」

そう、何気なく俺が口にした時だ。

日向も、そして月乃も、驚いたように俺に振り向いた。

「えっ、そうなの？　月乃ちゃんがピアノなんて、初めて知ったよ」

「そういえば、持ってたかも。悠人、どうして知ってるの？」

「いや、月乃って昔ピアノ習ってたから。その時、よく俺に電子ピアノで曲を弾いてくれただろ？」

「昔って……小学生の頃のたった数ヵ月だよ？　わたしだって忘れてたのに、そんなことまで覚えてたんだ」

そんなに驚くことかな。いつもは無表情な月乃が嬉しそうに『きらきら星』を弾いたのを、昨日のことのように思い出せるのに。

あの時の月乃は、すごいねと俺が褒めるたびに、くすぐったそうに笑っていた。

「でも、そっか。じゃあ、わたしの電子ピアノ貸してあげれば大丈夫だね。多分、今でも物置にあると思うから」

「いいのか？　月乃の私物なのに」

「誰かの役に立てるなら、これ以上の使い方なんてないよ？　むしろ、思い出してくれた悠人には感謝したいくらい」

「……そういえば、悠人君と月乃ちゃんって、子どもの頃から一緒にいるもんね」

「うん。小さな頃の悠人って、今よりずっと可愛《かわい》かったんだよ？」

その瞬間、日向の表情に期待が満ちた。

それこそ、わくわく、って擬音が聞こえてきそうなくらい。

「そうなんだ！　じゃあ、悠人君って子どもの頃はどんな男の子だったの？」

「ちょ、日向……！」

「えっとね、ヒーローみたいな男の子、かな。それも、不器用なくらい」

大切なものにそっと触れるように、月乃は優し気な表情を浮かべる。

「困ってる人がいたら放っておけない優しい子だったんだけど、必要以上にその人のこと助けようとしてた。たまに、横断歩道を渡れないお年寄りがいるでしょ？　悠人は一緒に渡ってあげて、そのまま一緒にバスに乗って隣町のお家《うち》まで付き合ってあげたりとか」

「わぁ、悠人君らしいね！」

日向さん、感心してくれるのは嬉しいんだけど、俺には加減が分からないただのバカとしか思えないんだが。

「悠人、いつも言ってたよね？　ボクはお母さんみたいな人になるんだ、って。作文で将来の夢について書いた時も、宇宙で一番優しい人になりたいって――」

「いつの頃の話だよ⁉　それ俺が六歳の頃のエピソードですけど！」

あんまり、小学生の頃の話はして欲しくないんだよな……。当時は理想の自分になりたくて必死だったけど、今思えば空回りしてたこともたくさんあっただろうし。

こんなの日向も呆《あき》れるだろうな……そう、思っていたのに。

日向は思い出を懐かしむような、感慨深そうな表情をしていた。

「そっか。じゃあ、悠人君は夢を叶《かな》えたんだね」

「……俺が、夢を？」

「悠人君くらい生徒会を頑張ってる人、私は知らないから。生徒会って誰もやりたがらないのに、奉仕活動とか後輩の面倒見たりとか、自分からしてくれるでしょ？　ほら、優しくなりたいって夢、叶えてるよ」

「……俺なんてまだまだだよ。母さんみたいに強くて優しい人になんて、俺は全然なれてない」

「そうかなぁ。私から見たら、悠人君って誰よりも優しいけどね。それこそ、宇宙一」

「日向、さり気なく俺の古傷を抉《えぐ》ってない……？」

「うん、わたしもそう思う。ヒーローだもんね、悠人は」

「月乃まで！　ここに俺の味方はいないのか……」

日向がくすくすと笑みを零《こぼ》し、月乃が頰を緩めた。

良かった。さっきまで重い雰囲気だったのに、いつもの感じに戻ってきた。

「そういえば、まだ飲み物入れてなかったね。用意するから待ってて？」

「いいよ、俺が持ってくるから。日向は会長だし、仕事で忙しいだろ」

「いいのいいの、今日は月乃ちゃんが来てくれてるんだから。月乃ちゃん、甘い飲み物の方が好きなんだよね？　ココアでいいかな？」

「うん、ありがと。おねがいします」

ぺこりとお辞儀をした月乃に、日向は柔らかい笑顔を浮かべキッチンに向かう。

月乃が俺に近寄り、こっそりと話しかけた。

(さっきは、怒っちゃってごめん。悠人、日向さんに恋人がいるかもって、ショック受けてるように見えたから。ちょっと、やきもち焼いちゃった)

(い、いやいや、謝るのは俺の方だよ。月乃に誤解させちゃったみたいだから)

そこで一瞬だけ恥ずかしさを覚えるが、躊躇《ためら》いを振り切って口にする。

(幼馴染だけじゃなくて月乃と一人の少女として向き合いたいって言葉、嘘《うそ》じゃないからね。それだけは、信じて欲しい)

(じゃあ、日向さんに恋人がいても別に構わないよね?)

(…………)

(ウソつき)

(嘘なんかついてませんっ！　それとこれとは別の話なんだって！)

これ、一応仲直りはした、ってことでいいのかな……？

聖夜祭の準備が終わったのが、夕方頃だった。

果たして、俺と月乃がいることでどれだけ助けになったかは分からないが、仕事を終えた後の日向は機嫌が良さそうな顔をしていた。

いつもなら、時間があるなら月乃の食事を作るのが俺の日課なのだが……。

「もうこんな時間か。今から月乃の夕食作ったら、結構時間かかっちゃうかもな」

「あんまり無理しなくてもいいよ？　わたしだって、もう料理出来るから。良かったら、悠人の分も作ってあげようか？」

「月乃が作れるレシピって肉じゃがくらいだろ？　毎回食べて飽きたりしないのか？」

「……あんなにご飯に合うのに？」

月乃に不思議そうな顔をされた。えっ、そんなに俺おかしなこと言ってます？

ぽつり、と日向が呟《つぶや》くように口にする。

「……月乃ちゃんの料理、かぁ」

「そういえば、日向って月乃の料理食べたことないもんな。気になるか？」

「えっ——う、うん。私も料理は趣味だから、ちょっとだけ」

「……じゃあ、日向さんもわたしと一緒に、ご飯作ろ？」

俺も、それに日向も呆気に取られた。

「わたしも、日向さんの料理を食べてみたい。料理が上手って悠人がいつも言ってるから、どれくらい美味《おい》しいのかずっと気になってた」

「……月乃ちゃんと、一緒に」

やはり、月乃に対するぎこちなさが残っているのか、日向の顔には迷いが見える。

……しかし、

「まだ料理初心者だから、迷惑かけちゃうかもしれないけど。……ね、ダメかな？」

「……う、ううん！　全然、ダメじゃないよ。うん、一緒に作ろっか？」

月乃の甘えるような視線に、日向が慌てて頷《うなず》いた。どうやら、天使のお願いには女神も敵《かな》わないらしい。

数分後、エプロンを着けた月乃が、自分の家から食材を持ってくると、

「そういえば、いつも使ってる濃口醤油《しょうゆ》が無かったから、今日は薄口で作らなきゃ。いつもは大さじ二杯で作ってるから……一〇杯くらいでいいかな？」

「そ、それは多すぎじゃないかな。それに、薄口でも分量は変えなくても大丈夫だよ」

「……？　どうして？　味が薄いんだから、いつもより多めに入れなくちゃ」

「だって濃口と薄口って、味の濃さは変わらないよ？」

「っ⁉」

ぴしゃーん、と雷が落ちたが如く、月乃がフリーズした。

「えっ、でも、醤油って濃いのと薄いのがあるって……えっ？」

「それは色のことで、醤油を使い分けるだけで料理の見た目が全然変わるの。むしろ、薄口の方が濃口より塩分が多いくらいなんだから」

「もしかして、景品表示法違反……？」

「違反じゃない。全然違反じゃないから」

とんでもないことを言い出した月乃に、日向は無理やり話を変えるように、

「じゃ、じゃあ、私は月乃ちゃんの肉じゃがに合う副菜を作ろうかな。多分和食になると

思うから、月乃ちゃんはご飯を炊いてもらってもいい？」

「ん、分かった」

「あっ、月乃。一応だけど、洗剤は使っちゃ駄目だからな」

「洗剤⁉」

俺の一言に、日向が驚愕《きょうがく》した。

「一回だけ、俺が米を洗ってくれって頼んだら洗剤を入れて米を研いでたことがあったんだよ。米を洗うって意味が分からなかったみたいでさ。あの時のお米、泡でもこもこしてたっけなぁ」

「つ、月乃ちゃんって、そんなに料理のこと知らなかったの……？」

「これでもかなり上達したんだけどな。何しろ、少し前までは包丁すら握ったことなかったから」

日向は唖然としていたが、やがて何かを決意したように、

「うん、決めた。ねえ、月乃ちゃん。もし良かったら、今日は私が料理する副菜のレシピも教えてあげるから一緒に作ってみない？」

「いいの？　わたし下手だから、日向さんの足引っ張っちゃうかもしれないよ？」

「全然気にしないよ、完璧な料理なんて誰も作れないもん。月乃ちゃんが料理に興味を持ってくれるなら、そのお手伝いをしたいだけだから」

「……日向さん」

日向の柔らかい笑顔を、月乃は言葉を失ったように見つめている。

「……ありがと。これから料理をする時は、先生、って呼んでもいい？」

「先生、かあ。うん、女神って呼ばれるよりしっくり来るかも。……良かったら、薄口醤油を使った肉じゃがのポイントも教えてあげよっか？」

「そんなのあるの？」

「薄口は濃口に比べて、香りとコクが軽めになってるから素材の味を生かすレシピの方が向いてるんだ。ショウガとかガーリックで味付けするのも面白いよ」

「そんな作り方あるんだ……。勉強になります、先生」

肩を並べてキッチンに立つ二人の少女に、ほっと胸を撫《な》でおろす自分がいる。

良かった。数時間前まで、日向が月乃によそよそしくしてたのが嘘みたいだ。

けど、不思議なものだ。

俺の初恋だった元同級生と、俺に告白した幼馴染が仲良く一緒に料理を作る——それはきっと、幸せな光景なんだろうな、と思った。

夕飯の時間の丁度いい頃合いに、日向と月乃の料理は完成した。

月乃の料理は宣言通り肉じゃがで、日向が作ったのは鮭《さけ》のムニエルとたまごスープ。和洋中全てが揃《そろ》ったなかなか珍しい献立だ。日向曰《いわ》く「作れるジャンルが増えたらそれに合う料理に興味が出るから、料理を覚えるのが楽しくなるでしょ？」とのこと。これが料理ガチ勢か。

肉じゃがを口に運ぶ日向に、月乃が緊張した面持ちで尋ねた。

「どう、かな」

「――美味しいっ。味も見た目も良い《い》、王道的な肉じゃがだね。料理始めたばかりなのにこれだけ作れるなんて、月乃ちゃんすごいよ」

「……そ、そう？　良かった」

「確かに、前に食べた時より美味《うま》くなってるよ。月乃、ずっと料理の練習続けてたんだな」

「……ちょっとでも、悠人に美味しいって言ってもらいたかったから」

俺の言葉に、月乃が恥ずかしそうに俯《うつむ》いた……けれど、どうしてだろう。

そんな月乃を、日向はどこか物憂げな目で見つめていた。

けれど、それもまばたきするくらいの一瞬で、日向はいつもの表情に戻っていた。

「でも、やっぱり先生には勝てない。冷蔵庫にある食材だけで、あっという間に二品も作っちゃった」

「これでも毎日悠人君の食事作ってるから。これくらいは出来なくちゃね」

「先生、本当に凄《すご》い。おみそれしました」

「うむ、これくらい当然じゃ。お主も精進しなさい」

まるで師匠のように、えへん、と決して小さくない胸を張る日向。

それに対して、ははー、と月乃が平伏する真似《まね》をした。

月乃が尊敬する気持ちも分かる。料理を齧《かじ》る程度の俺だって、日向がどれだけ料理が上手か分かる。

鮭のムニエルは絶妙な焼き加減でふっくらとした食感で、日向の料理なら毎日食べているのに今でもちょっと感動してしまう。あまり食に興味がない月乃でさえ、初めての日向の料理に目を輝かせて箸を進めている。

「あっ……月乃ちゃん、ちょっと動かないで？」

「……？」

不思議そうな顔をする月乃の口元を、日向がティッシュで拭う。日向は満足そうに頷き、

「はい、取れた。月乃ちゃん、ほっぺにムニエルのソースが付いてたよ？」

「……むー、なんか辱めを受けた気分。言ってくれれば自分で取ったのに」

「不思議なんだけど月乃ちゃんって、取ってあげなきゃ！って気持ちになるんだよね。子犬を撫でてあげたくなる気持ちに似てる、っていうか」

「あー、分かるなそれ。なんか放っておけないんだよな」

まさか、俺と同じことを思ってる人がこんなにすぐ近くにいたとは。

前々から思ってたけど、日向と月乃はベストマッチって言って良いコンビなのかもしれない。

尽くしたがりの日向に、甘え上手な月乃。こんなに相性が良い二人もいない。

「それに、月乃ちゃんって可愛いから。構ってあげたくなるんだよね」

「そうなの？　……日向さんにそう言ってもらえるの、嫌じゃない」

月乃は無表情ながらも照れたような仕草をすると、

「でも、わたしにはもうお世話係がいるから。ねっ、悠人？」

「ん……まあ、そうだな。日向の前で言うのも恥ずかしいけど」

これればかりは否定する気なんてない。誰よりも月乃の隣にいたのは、俺だ。

「……月乃ちゃんって、本当に悠人君と仲が良いんだね」

「お隣さんで、幼馴染だから。良かったら、悠人の小さい頃の写真見てみる？　幼稚園の頃から一緒にいるから、たくさんあるよ？」

「いや、それはちょっと……！」

「是非ともお願い出来るかな、月乃ちゃんっ⁉」

俺の制止なんて、日向の力強い言葉の前ではあまりに無力だった。月乃は食事中にもかかわらず、席を立ち自分の部屋へと去っていく。

「ちょっと待て！　ほ、本当に見るのか？　昔の俺を日向に見られるなんて罰ゲームに等しいんだけど……！」

「で、でもね、もう私たち家族でしょ？　姉としては、弟がどれくらい成長したかっていうのはちゃんと把握しておくべきだと思うんだよね！」

どういう理屈だ、それ。

しばらくして、月乃が古ぼけたアルバムを手に戻ってくる。うん、嫌な予感しかしない。

「これは、わたしたちがまだ幼稚園児の頃。同じ幼稚園に通ってた」

「わあっ、可愛い！　月乃ちゃんって、この頃から外国人みたいな雰囲気あったんだね。悠人君は……えっ、この小さい子が悠人君⁉　へえ～、そうなんだぁ……」

あの、そんなにまじまじと見られると恥ずかしいんですけど……。

居たたまれない気持ちになりながら横から見てみると、アルバムの中には小学生になった月乃がいた。西洋人形のような月乃の隣には、無邪気に笑う俺がいた。

「これは、悠人とヒーローショーを見に行った時の。怪人がわたしを捕まえて舞台まで連れていったら、悠人が本気にしてヒーローが来る前に助けてくれようとしたんだよね」

「あはは、悠人君にもそんな頃があったんだね」

消えたい……今すぐここから消え去りたい……。

けど、その日のことは俺も覚えてる。その頃から月乃は感情を表に出すのが下手で、捕まっても無表情だったから、逆に怪人が困惑してたっけ。

ページを捲《めく》る度に、小さな頃の俺と月乃の写真があった。運動会、クリスマスパーティー、誕生日会。月乃の隣には俺がいて、俺の隣には月乃がいる。

こんなに一緒にいたんだな、なんて。本人である俺ですら驚いてしまうほどだ。

やがて、小学校の卒業式の写真を最後にアルバムが終わる……のだが、最後のページに『将来のなりたい自分』という項目がある。どうやら、小学生の最後に月乃が将来の夢を書いたらしい。

そこにはこう書かれてある。

——悠人のお嫁さん。

「……えっ？」

俺も、日向も、月乃でさえも、その一文をぽかんと見つめていた。

やがて沈黙を破ったのは、ぽん、と両手を叩《たた》いた月乃。

「思い出した。これ書いたの、わたしだよ？　お姉ちゃんに将来の夢はって訊《き》かれたから、自分が一番なりたいものを書いたの」

「だ、だから、俺のお嫁さんになりたいって……？」

「うん、それがわたしの夢だったから」

恥じらいなんて一切なく、いつもの透明な表情で月乃はそう答えた。

ああ、そっか。この頃からずっと、月乃は俺のことを好きだったんだ。

「～～～っ。そ、そうだったんだな……」

やばい、胸の奥から熱いものが込み上げてきて、そんな言葉しか出てこない。

きっと、月乃がいけないのだ。俺と結婚することが夢だった、なんて言葉をいつものような表情で言うから。

「月乃ちゃんって、本当に小さい頃から悠人君のこと好きだったんだね」

振り向いてみれば、日向は穏やかな表情で月乃を見つめていた。

「うん。悠人とは、家族と同じくらい一緒にいたから」

「……なんか、月乃ちゃんが羨ましいな。好きな人がいて、その人の目の前で好きだって
はっきり言えるんだから」

「……日向？」

悲しそうに、あるいは苦しそうに。日向は月乃のアルバムに目を落とす。

やがて、顔を上げた日向は、何か意を決したような表情をしていた。

「あ、あのねっ！　月乃ちゃんに、ずっと訊きたいことがあったの！　……聖夜祭にあ
る、『聖夜の告白』っていうイベントのこと」

その一言に、俺と月乃は顔を見合わせた。思い出すのは、月乃が訪れた時の言葉。

――日向さん、誰かに告白されるんじゃないかな。『聖夜の告白』で。

まさか、その告白されることを俺たちに相談しようとしてる……!?

「月乃ちゃんに訊きたいこと、っていうのは――」

「待ってくれ日向、それは……！」

「月乃ちゃんは、『聖夜の告白』で悠人君に告白するんですかっ!?」

……………今、なんて言った？

月乃が俺に告白だって？

「え、えっと、俺の聞き間違いかな。日向が告白されるんじゃなくて……？」

「……私が？　どうして？」

瞬間、俺は確信した。

『聖夜の告白』で日向が誰かに告白されるなんて、ただの勘違いだったのだ。

「い、いやいや！　何でもない、気にしないでくれ。それより、月乃が俺に……？」

「悠人君、知らなかったんだ。月乃ちゃん、『聖夜の告白』に参加するんだよ？」

唖然とする俺を横目に、日向は自分の部屋から一枚の紙を持ってくる。

見覚えがある。『聖夜の告白』の参加用紙だ。

その氏名欄には確かに、小夜《さよ》月乃、という名前が書かれてあった。

「参加用紙に月乃ちゃんの名前を見つけてから、ずっと落ち着かなくて。あの企画って、こっそり付き合ってる恋人たちが改めて告白するパターンもあるでしょ？　月乃ちゃんと悠人君はお互いが告白をしてるし、『聖夜の告白』をきっかけに付き合うのかなーって……」

日向がやけに月乃に対してそわそわしていたのは、それが理由だったのか。

「そ、それで、どうなのかな？　……月乃ちゃんは、悠人君に告白するために『聖夜の告白』に参加するの？」

日向の問いに、月乃は答えない。じっと自分の参加用紙を見つめるだけ。

もしかして月乃、本当に……？

「うん、覚えてる。確かに、『聖夜の告白』の参加用紙に名前を書いた。……でも、それは記入例として。これを提出した記憶はないよ？」

「…………えっ？」

「右下の方に、これはサンプルです、って書いてあると思う。多分、檜原さんが間違って一緒に回収しちゃったんじゃないかな」

慌てて日向が月乃の参加用紙に目を落とす。確かにそこには、これは記入例であるという旨の一文が添えられていた。

ぱっと見でも気づくくらいの大きさだが、きっと日向は月乃の名前を見た瞬間動揺して、頭が真っ白になってしまったんだろう。

「じゃあ、月乃ちゃんは『聖夜の告白』には……？」

「悠人に告白どころか、参加するつもりすらないよ？」

「……そう、だったんだ」

そう、日向が呟いた直後だった。

張りつめていた緊張が一気に緩んだように、日向が胸を撫でおろした。

「——良かったぁ……！」

「……やっぱり、悠人が誰かと付き合うの嫌だったんだね」

小さい笑みを零す月乃に、日向はあわあわとして、

「あっ……そ、そうじゃなくてっ！　家族になったばっかりなのに悠人君に恋人が出来たら寂しいっていうか……！」

「大丈夫だよ？　日向さんの言いたいことなら分かるから。日向さんと悠人は家族になったばっかりだもん、二人に同じ時間を過ごして欲しいから、わたしは悠人と付き合ってな

いんだよ？」

そう口にする月乃の表情は、今まで見たことがないくらい、愛《いと》しそうな微笑《ほほえ》み。

「わたしは、日向さんから悠人を奪ったりしないから。だから、心配しないで？」

「……月乃、ちゃん？」

どうして、だろう。

日向から俺を奪わない。その言葉は胸を締め付けられるように、やけに重く響いた。

「それより、ご飯食べよ？　先生の美味しい料理が冷めちゃう」

「……あ、ああ」

俺たちとの会話を拒むように月乃は箸を進める。有無を言わせない雰囲気に飲まれ、俺も日向も夕食に戻るのだった。


夕食が終わった後も、月乃は俺の家でゆっくりと過ごしていた。月乃は昔から、気分で俺の家に来てくつろいだりしてるから、別段不思議なことじゃなかった。

俺も二人と喋《しゃべ》ったり、担当してる家事をこなしたり、自由に過ごしていたのだが、気がつけば月乃はソファの上でうたた寝をしていた。しかも、日向の膝枕付きで。

そういえば、食後くらいからうとうとしてたっけ。それくらい、聖夜祭の準備を頑張ったってことだよな。

「月乃、寝落ちしちゃったのか。なんか、悪いな日向」

「別にいいよ、ちっとも迷惑じゃないから。横になってもいいよ、って言ったの私だもん。良かったら、悠人君も膝枕してあげよっか？」

「それ、本気で受け取ってもいいのか？」

「……え、えっと、うんって言われたらちょっと困るかも。でも、悠人君が望むなら全然良いよ……？」

「……いや、止《や》めとく。多分、日向のこと変に意識しちゃうから」

月乃を起こさないように、日向の隣に腰を下ろす。

「けど、膝枕してあげるなんて月乃のこと甘やかしすぎじゃないか？　……俺も他人のこと言えないけど」

「悠人君、世界中の誰よりも月乃ちゃんのお世話してるもんね。まるでお姫様と騎士みたい」

「そんなカッコいいもんじゃないと思うけどなぁ」

「でも、月乃ちゃんは多分、悠人君のこと誰よりも信頼してると思うよ？　きっと、悠人君がいないと月乃ちゃんは生きていけないと思う」

日向は、穏やかな寝息を立てる月乃に目を落とす。

「だけどね、それは悠人君も同じ。月乃ちゃんは、絶対に悠人君の隣にいてあげなきゃいけない存在だったんだよ」

「……俺にとって、月乃が？」

それは、小さな頃から月乃に甘えられてきた俺にとって、意外な言葉だった。

「悠人君は、お母さんみたいな優しい人になりたかったんだよね。だから、誰に対しても優しくあろうとした。でも、それは月乃ちゃんみたいに、全てを委ねてくれる人が必要だったって思うんだ。たとえば、悠人君の優しさを利用したり、無下にする人がいたり。そんな人たちと出会う度に、悠人君の夢って少しずつくすんじゃうと思うの」

そっと、日向が月乃の頭を撫でる。

「でも、月乃ちゃんはいつだって、悠人君を心から頼りにしてくれた。そんな女の子が傍《そば》にいたから理想を見失わずに、悠人君は悠人君でいれたんだよ」

「……俺が、俺でいるために」

「多分、月乃ちゃんも気づいてたんじゃないかな。この人はわたしがいなくちゃダメなんだ、って。なんかね、根拠はないけどそんな気がするんだ」

心のどこかで、俺が月乃を支えなければ、という使命感のようなものがあった。

だけど、違うのか。

俺もまた、月乃に支えられていたんだ。

「お姫様は騎士がいるから平穏に暮らせるし、騎士は守るべき存在のお姫様がいるからナイトらしく生きられると思うんだ。ほら、やっぱり月乃ちゃんと悠人君にぴったり。……だから、月乃ちゃんには感謝してるんだ。私、今の悠人君が好きだから」

「……そう、か」

「悠人君って、月乃ちゃんと恋人になりたいって告白したんだよね？　……いいよ、付き合っても。私のことなら気にしないで？」

思いも寄らない言葉に、日向の瞳を真っ直《まっす》ぐ見つめた。

「日向は、それでいいのか？　月乃が『聖夜の告白』に参加しないって知った時、あんなにほっとしてたのに」

「私なら大丈夫だよ――なんて、やっぱり強がりなのかなぁ」

はにかむような、日向の笑み。

「私ね、今の生活が好き。悠人君がおはようって言ってくれたり、ご飯を美味しそうに食べてくれたり、たまに家事を手伝ってくれたり。そんな当たり前な日々が、すごく特別なことに感じるんだ。もし悠人君が月乃ちゃんと付き合って、そんな日常が壊れたら……それは、とっても怖いことだと思う」

俺は、日向の瞳から目を離さない。離すことが出来ない。

「だけど、月乃ちゃんが悠人君のこと大好きって気持ち、すごく伝わってくるから。私のせいで二人がいつまでも幼馴染のままなんて、嫌なんだ。だから、私のことは気にしなくてもいいからね？」

「…………」

きっと、日向だって並大抵の覚悟で口にしてるわけじゃない。

だけど、その日向の言葉に、素直に頷くことが出来なかった。

「やっぱり、心配しちゃうよね。悠人君って、そういう人だもん」

まるで懺悔《ざんげ》するように、日向が俯く。

「ごめんね。私が悠人君に甘えているから、月乃ちゃんに迷惑をかけてるんだよね。家族に恋人が出来るくらい、乗り越えなきゃいけないのに」

「謝るのは、違うと思う。誰が悪いわけでもないんだから。日向の気持ちだって、少しは分かるつもりだよ。俺も、日向が『聖夜の告白』で誰かと付き合うんじゃないかって、心配してたんだから」

「えっ……そ、そうなの？」

「日向に彼氏がいたらって思うと、落ち着かなくって。そのせいで、月乃に拗ねられちゃったけど」

笑って欲しくて言ったつもりだったけれど、日向の表情は曇ったままだ。

「家族っていう関係が壊れて欲しくないのは、俺も日向も変わらないんだ。だから、自分だけ責めるのは止めてくれないか」

「悠人君……ありがと」

けれど、日向は悔いるような表情で、眠り続ける月乃に目を落とした。

「でもね、やっぱり割り切れないよ。私が変わらないと——月乃ちゃんの想《おも》いは、報われないままだから」

「……日向」

「ごめん、今日はもう部屋に戻るね。月乃ちゃんのこと、お願い」

そっと月乃をソファに寝かせ、日向は部屋に去って行った。

静寂の中、寂しそうに月乃に目を落とす日向の横顔が、忘れられなかった。

もう高校生なのに、月乃の身体《からだ》は古い記憶と変わらず、まるで羽のように軽かった。

お姫様抱っこしていた月乃を、月乃の部屋のベッドに下ろす。起こしてあげた方が良いかもしれないが、穏やかな寝顔を見ているとそっとしてあげたい気持ちの方が勝ってしまう。猫を飼ってる人ってこんな気持ちかもしれない。

「抱っこされても寝たままなんて、月乃らしいっていうか」

寝息さえかかりそうな距離で、じーっと月乃の寝顔を見つめる。

あまりに無防備なあどけない顔立ち。透明感のある肌は、まるで西洋の名画に描かれた少女のよう。

うん、可愛い。それも天使みたいに。

昔なら、こんなこと絶対に思わなかった。それでも、今になって月乃の可憐《かれん》さに気づくようになったのは――やっぱり、月乃を一人の少女として見ているから、なんだろうな。

いつまでも見ていたかったけど、さっき日向が言った言葉がずっと胸に残ったままで、現実に引き戻される。

最後に月乃の頭をそっと撫でて、部屋を去る。

その直前だった。

「残念。キスくらいしてくれるかな、って思ったのに」

背後からの声にびくりとして、振り返る。

文句でも言いたげに、むー、と頰を膨らませる月乃がそこにいた。

「最大のチャンスを逃したよ？　今ならこっそりわたしとキス出来たのに」

「そんなの無理に決まってるだろ。ていうか、月乃だって嫌だろ」

「別に、悠人ならいいよ？　悠人がしたいことなら、全部叶えてあげたいもん」

「分かった、訂正する。月乃が良くても、俺が嫌なんだ。付き合ってもない女の子にそんなラインを越えた行為をしたら、多分すごい自己嫌悪する」

「そうなんだ。じゃあ、もし悠人が無防備に寝てても、わたしもそっとしておくね」

まさか、もし機会があったらするつもりだったのか……？

いや、それはともかく。

「起きてるなら言ってくれれば良かったのに。いつ頃から起きてたんだ？」

「悠人が抱き上げてくれたくらいから。悠人がお姫様抱っこしてくれたのはどきどきしたけど、日向さんには悪いことしちゃった。明日謝らなきゃ」

なら、月乃は俺と日向の会話は聞いていないのか。

「月乃が寝てる間、日向と話してたんだけどさ。日向、言ってたよ。自分のせいで俺と月乃が付き合えないことが申し訳ない、って」

「そっか、日向さんらしいね」

月乃はベッドに腰かけて、俺を見上げるように、

「でも、仕方ないよ。日向さんのためだから。悠人だって、わたしが『聖夜の告白』に参加しないって知った時の日向さんの顔見たでしょ？　日向さん、あんなにほっとしてた」

「それは、俺も思うけど」

だけど、だとすれば矛盾している。日向は月乃の恋が叶って欲しいと心から願っている一方で、俺が誰かと付き合って欲しくないと同じくらい祈っている。

「月乃、約束したよな。俺が告白した時、日向が俺と家族として馴染《なじ》めるまで付き合うのは止めようって言ったこと。だけど、俺には追い詰められてるように見えるんだよ」

「そうだね、日向さんは優しいから。わたしたちが大丈夫って言っても、やっぱり気にして――」

「違う、日向だけじゃない。俺が追い詰められてるんじゃないかって心配してるのは、月乃のことだよ」

驚いたように、月乃が目を大きくした。

「月乃、日向に言っただろ。わたしは日向さんから悠人を奪ったりしない、って。なんていうか、あの時の月乃は自分に言い聞かせてるみたいで……辛《つら》そうだったから」

「……どうして、そんなこと分かるの？」

「だって、幼馴染だから。俺たち、どれだけ一緒にいたと思ってるんだよ」

「……こういう時、幼馴染だと困るね。隠し事が出来ないんだもん」

ああ、俺もそう思う。

月乃は憂いが滲《にじ》んだ表情で、

「日向さんを傷つけたくないのは、本当。だけど、悠人と特別な関係になりたいって気持ちも本当なんだ。それもね、悠人に会えば会うほど、どんどん大きくなっていくの」

大切な何かを守るように、胸の前で月乃が手を握る。

「恋人みたいに手を繋《つな》ぎたい。恋人みたいに抱き合いたい。恋人みたいに添い寝したい。恋人みたいに甘えたい。恋人みたいにキスしたい――今まで幼馴染じゃ出来なかったことを、いっぱいいっぱい悠人としたい」

「だったら……！」

もう、付き合ってもいいんじゃないか――そう口に出来たら、どれだけ楽か。

今みたいにこれからも悠人君と暮らしていたい。そう口にした日向の顔が、頭に焼き付いて離れない。

だけど、きっと何とかしなくちゃいけないのだと思う。

このままだと、日向も月乃も、少しずつ心が軋《きし》んでいくだけだから。

「きっと、何かを変えなくちゃいけないと思うんだよ」

「……だけど、もしかしたら日向さんが傷ついちゃうかもしれないよ？　それも、とっても深い傷跡を残して」

「それは、俺だって分かってる。でも今だって十分、日向も月乃も耐えてるだろ。……だったら、俺が変わらなきゃいけないんだよ」

「悠人、本気なんだ。……分かった。なら、わたしもそのつもりで悠人と話すね」

……どういうこと、だろうか。

その口ぶりはまるで、今の関係を変えるきっかけを知っているかのような――。

「悠人は、今のふわふわした状況を変えたいんだよね？　そのためには、わたしたちが付き合うか付き合わないか、この場で決断しなくちゃいけない」

ああ、そうだ。

そして俺は、月乃と付き合いたいって思っている。

「……月乃の気持ちは分かる。俺と日向の家族の関係が壊れてしまうんじゃないか、って心配してくれてるんだよな？　でも、日向や月乃と相談して、付き合った後でも家族としての時間を大切にすれば――」

「違うよ、悠人。わたしが一番心配してるのは、家族としての仲じゃない」

――えっ？

あまりの言葉に、声を失ってしまう。何を言っているんだ、月乃は。

「だって、月乃は俺と日向が家族になったばかりだから、って……」

「ごめん、それは建前。だって、もし真実を言っちゃったら、本当に悠人と日向さんが今までみたいに暮らすのは不可能だって思ったから」

じっと、月乃の瞳が俺を捉えて離さない。

「日向さんを守るために付き合うべきじゃないって思ったのは、別の理由だよ。……悠人も、本当は気づいているんじゃないの？」

「――――」

月乃の言葉がまるで理解出来ない。

――止《よ》せ

真実とか、別の理由とか、全く分からない。

――言わないでくれ

なのに、頭が思考を拒絶している。

――それを口にすればもう戻れない

「ねえ、悠人。日向さんはね――」

いつもと変わらない感情のない表情で、月乃は口にする。

俺が今まで必死で向き合おうとしなかった、決定的な一言を。

「日向さんは、悠人が好きなんだよ。家族じゃなくて、一人の女の子として」

まるで、世界が静止したみたいだった。

けれど、永遠に続くと思われた沈黙は本当は一瞬で。月乃の静かな声音が静寂を破る。

「悠人は覚えてる？　わたしが日向さんに、悠人に告白した、って話した夜のこと」

忘れるはずがない。あれは俺が日向をデートに誘った日のことだ。

月乃が俺のことを好きと知って、日向は明らかに狼狽《ろうばい》していた。

「もしかして、って思ったのはあの時から。疑念は少しずつ大きくなってたんだけど、確信したのはついさっき。わたしが『聖夜の告白』に参加しなくてほっとした日向さんを見て確信したの。あ、日向さんにとって悠人は家族以上の存在なんだ、って」

月乃の言葉を、俺は否定しない。否定することが出来ない。

「だから、今はまだ悠人と付き合えない、って思ったの。悠人に恋人が出来れば、きっと日向さんはとても悲しむはずだから。そんなの、絶対にいやだから」

「……日向が、俺を？」

「悠人は日向さんの気持ち、ちっとも分からなかった？」

それは――気づいていない、なんて言えば、これ以上の嘘はない。

ただ、俺も日向も傷つかないように、気づかないふりをしていただけだ。

きっかけは、最初で最後と約束した日向とのデートだ。日向は、俺が小さな頃に一度だけ出会った少女、ユキちゃんだった――そう確信した時から俺の中で、もしかして、という疑念が浮かぶようになった。

もしかして日向は、ずっと俺のことを覚えてくれていたんじゃないか。

今までより日向のことを意識するようになったのは、それからだ。

たとえば、朝食の時に偶然手が重なったり。たとえば、一緒に映画を観ようと誘われたり。たとえば、恋人みたいに手を繋いだり。

そんな瞬間、俺は日向にとって家族以上の存在なのかもしれない、なんて考えが頭をよぎった。

だからこそ、俺と一緒に暮らすために他人同士ではなくて、家族として生きる道を選んだのでは——なのに、必死で気づかないふりをしただけだ。

もし気づいてしまえば、俺と日向は今までみたいな家族でいられないから。

「悠人は、今の関係を変えたいって言った。でも、そのためには日向さんの気持ちから目を逸《そ》らしちゃいけないから。だから、悠人には知ってて欲しかったの」

「…………」

大馬鹿野郎だ、俺は。

今の関係を変えたいなんて言って、現実から逃げてたのは俺じゃないか。

「だから、わたしは悠人と付き合えない。もし悠人に恋人が出来たら、日向さんは家族として暮らせなくなるくらい、傷つくと思うから」

「……どうして、月乃に言いきれるんだよ」

「分かるよ、日向さんの気持ちくらい。だって、わたしも同じだから——日向さんみたいに、悠人に叶わない恋をしてたから」

星がちりばめられたような瞳が、今にも何かが零れそうなくらい揺れている。

「悠人のことが好きで仕方なかったけど、悠人は日向さんに初恋をしてて。二人が付き合ったらって想像して、何度も眠れない夜を過ごしてた。もし悠人と日向さんが恋人同士になってたら、わたしは悠人と今までみたいな幼馴染じゃいられなかったと思う」

それは、俺にずっと片思いをしていた月乃だからこその、重い言葉だった。

多分、日向の感情を誰よりも理解しているのは、月乃だ。

「きっと、悠人は正しいんだと思う。今のままだと、わたしも日向さんも少しずつ傷ついていくだけだから、いつか変えなきゃいけない。だけど、わたしはこのままが一番良いって思ってたの。そうすれば、誰も悠人を奪わずに済むから」

吐息がかかりそうなくらいの距離で、月乃が俺を見つめる。

「悠人が選ぶ道は、二つに一つだけ――悠人に選べる？」

「――俺、は」

俺は、どちらの少女を選ぶべきなんだろう。

日向のことは――好きだ。

だって、初恋だったから。日向に片思いをした気持ちは今でも色褪《いろあ》せてなくて、その感情を偽ることは俺には出来ない。

でも、恋人になることは諦めて家族として隣にいようって決めた。

でも、日向が俺を好きだと言ってくれるなら――決意が揺らぐのが、自分でも分かる。

じゃあ、日向のために月乃と付き合うことを諦めるか。今までみたいな幼馴染同士なら、それでも良かったかもしれない。

だけど、俺は知ってしまった。

月乃が、ずっと俺に片思いをしていたということ。

月乃が、初恋を忘れられない俺をそれでも想ってくれるくらい、一途だということ。

ああ、そうだ。今さら月乃と付き合わないなんて、そんなの無理に決まってる。

だって俺は、日向と同じくらい月乃のことが——好きになっているんだから。

「……ごめんね。悠人には、残酷な選択だよね」

そっと、月乃が俺の身体を押す。ほんの小さな力で後ずさってしまうくらい、俺の頭は真っ白になっていた。

「わたしは悠人と付き合いたい、だけど日向さんを傷つけたくもない。だから、どちらかを選んで欲しい、なんてわたしには言えない。……だから、ね？」

月乃の部屋を出た俺に、月乃はどこか悲しそうな目で告げた。

「今はまだ、幼馴染のままでいよう？　わたしのために、日向さんのために。それに何よりも、悠人のために」

「っ、月乃……っ！」

月乃が俺を拒絶するように扉を閉め、差し伸ばした手は空を切る。俺はただ一人、痛いくらいの静寂の中に取り残された。

二つだけの選択肢を、悠人に選ぶことが出来るか——そう月乃に問われて、俺は答えることが出来なかった。

俺には、誰かを傷つける道を選ぶことなんて出来ないから。

たとえ、俺が選ばないことで日向と月乃が苦しんでいたとしても、俺には目の前の現実から逃避することしか出来ない。

こんなに俺は、弱い人間だったのか。

俺は、どうすればいいんだ——いや、違う。そうじゃない。

「……どうしたいんだよ、俺は」

どちらの少女も傷つけたくない。そう、心から思っている。……でも、だからこそ。

そんな俺に、日向と月乃の隣にいる資格なんてないのかもしれない。

◇

今でも忘れられない思い出がある。

それは、まだ私が悠人君と家族になっていない、悠人君と同級生だった頃の記憶で。

偶然にも、今みたいに聖夜祭の準備をしている去年の出来事だった。

始まりは、聖夜祭のシンボルである特製アーチが未完成だったこと。

当時は生徒会の副会長主導で製作していたんだけど、完成間近って段階で会長のストップがかかった。何でも、設計図のデザインと違うから修正して欲しかったみたい。

けど、副会長は納得しない。確かに設計図と違うし、数時間もあれば修正出来るけど、聖夜祭の前日に言い出した会長に副会長が反発した。

それはもう、修羅場だったっけ。

会長と副会長の怒声が飛び交って、けど私みたいな下級生が間に入るなんて出来るはずもなくて、おろおろするばっかりだった。

そこで事件が起こった。怒った副会長に同調して、アーチの製作班のみんなが未完成のまま放置してしまった。製作班の一人だった私だけが、明日の聖夜祭に間に合わない、って危機感を抱いてた。

でも、誰かに相談してもし会長の耳に入ったら、きっとまた言い争いをしてしまう。もしこれ以上喧嘩《けんか》すれば、聖夜祭に悪影響が出るかもしれない……そう思って、決めた。

明日までに完成させよう。私一人で、誰にもバレないように。

それが、みんなが笑顔になれる一番の方法だって信じてたから。

だから、下校時間が過ぎた後、誰も来ない倉庫でアーチを作り続けた。いつもみたいにお喋《しゃべ》りする友達も、手伝ってくれる先輩もいなくて、心細かったのを覚えてる。

生徒会のみんなは、もうとっくに家に帰ってるんだろうな。

……どうして私がこんなことしなくちゃいけないんだろ、ってほんの少しだけ悔しい気持ちになったのは、否定できない。

だけど、ここで止めたらきっと、自分の理想から遠ざかってしまう気がした。

あの人みたいに、みんなを笑顔に出来る人になりたい。だから、聖夜祭を楽しみにしてるみんなのために頑張ろう。

そう、思った時だった。

――日向？

芯のある落ち着いた男の子の声に、思わず手が止まった。

驚いたみたいに固まってる悠人君が、そこにいた。

「ゆ、悠人君？　どうしてここに……？」

――ちょっと聖夜祭の準備してて、気がついたら誰もいなかったからさ。俺で最後かなって思ってたのに、倉庫に明かりが点《つ》いてたから覗《のぞ》いてみたんだけど……日向こそ、こんな時間までどうしたんだよ。

悠人君の質問に、私は上手く答えることが出来ない。

アーチを製作してるとこを見られたくなかった、っていうのもある。

けどそれ以上に、私の憧れだったあの人が急に目の前に現れたことに、つい動揺してたんだと思う。

――それ、聖夜祭の特製アーチだろ？　どうして日向だけなんだ？

「えっと、副会長が会長と喧嘩しちゃったでしょ？　だから、副会長の指示で他の製作班のみんなが帰っちゃって」

——日向しかいなくなった、と。なるほどな、良かったら会長に連絡しようか？　事情を話したら、誰か呼んでくれるかもしれないし。

「それは、止めて欲しいな。もし会長が知ったら、また副会長と喧嘩しちゃうかもしれないから」

——でも、このままだと日向が一人で作業することになるだろ？

「私なら大丈夫。それでね、悠人君にお願いがあるんだけど……私のこと、見なかったことにしてくれないかな？」

——どうして？

「もし私だけで作ったって知られたら、副会長が非難されちゃうでしょ？　それは嫌だな、って。だから、私だけで作ってること、内緒にして欲しいんだ」

——けど、副会長が仕事を途中で投げたのは事実だろ。

「でも、副会長の気持ちも分かるから。製作班のみんなで頑張って作ってたアーチだもん、作り直せって言われたら、誰だってムッてしちゃうよ」

——だから、一人でアーチを完成させようとしてるのか？

「明日は聖夜祭だもん、みんなが笑顔で過ごせた方がいいでしょ？」

——……なるほどな。

その言葉を最後に、悠人君は去って行った。

やっぱり、呆れられちゃったかな。

そうだよね、本当なら私一人でやる必要なんてちっともないもん。悠人君が付き合いきれないって思ったって全然不思議じゃない。

さて、頑張らなくちゃ——そう思った、数分後。

コトン、と缶コーヒーが私の隣に置かれた。

悠人君、だった。

一瞬何が何だか分からなかった私に、悠人君は当たり前のように口にする。

——はい、これ。長丁場になるから、良かったらどうぞ。

「えっ……い、いいよ。受け取れないよ」

——もしかして、カフェオレより微糖の方が良かった？

「そうじゃなくて。私のことなら無視して欲しいの。もし完成しても生徒会のみんなには黙ってて欲しいから」

——うん、分かってる。だから、俺と日向だけの秘密だろ？

「えっ……？」

——俺も日向の手伝いするよ。もちろん、俺と日向が完成させたってことは誰にも言わない。それなら構わないだろ？

「だっ……駄目だよ、そんなの。私が好きでやってるだけだから、悠人君に迷惑なんてかけられないよ」

——だったら、俺も好きで日向の手伝いをしてるだけだ。お互い勝手に始めてるだけなんだから、文句なんてないだろ？

「でも、完成しても誰も褒めてくれないよ？　悠人君に得なんて一つもないのに」

――得ならあるよ。少しでも日向が楽になるなら、理由なんてそれだけで十分だ。日向がやってることが、優しさなのかお人好《ひとよ》しなだけなのか、俺には分からないけど、一人でやるより二人でやった方が早い、ってのは絶対的な真理だろ？

「それは、そうかもしれないけど」

――だったらそれでいいよ。俺のやったことが正しいかどうかは、日向の手助けをした後に考えることにする。だから、日向が気にする必要なんてちっともないからな？

「……悠人君」

――それに、完成しても誰も褒めてくれないのは日向も同じだから。絶対に俺がいた方が良いと思うぞ？　少なくとも俺だけは、日向が頑張ったことを認めてあげられるから。

そう言って微笑みを浮かべる悠人君に、私は何も言うことが出来ない。

ただ、全身が震えそうなくらい嬉しかった。

子どもの頃、一度だけ遊園地で出会った時の悠人君と、何も変わらなかったから。

「ありがと、じゃあ一緒にやろっか？　良かった、なんか安心しちゃった」

――安心したって、何が？

「やっぱり、悠人君は悠人君なんだなぁ、って。ただそれだけ」

不思議そうな顔をする悠人君に、私は微笑みを浮かべるだけだった。

ねえ、知ってる？　悠人君はずっと昔に、私と会ったことがあるんだよ。

ねえ、知ってる？　悠人君と私は、本当は姉弟なんだよ。

ねえ、悠人君。あなたは私に——初恋を教えてくれた人なんだよ。

そして、聖夜祭本番には、私と悠人君が作った特製アーチが無事設置された。副会長は呆然《ぼうぜん》としてたけど、会長に賞賛と謝罪をされて複雑な顔をしてたっけ。

結局、副会長は特製アーチの製作を途中で放棄したことを告白して、誰が作ったのかは生徒会の間で謎のまま終わった。あれから一年経《た》っても噂《うわさ》すら聞こえてこないってことは、悠人君は本当に私との約束を守ってくれたんだろうな。

誰が完成させたか分からない、聖夜祭の特製アーチ。

その真実は、この世界で私と悠人君しか知らない、二人だけの秘密だ。

◆

「悠人パイセン、最近日向会長と姉弟喧嘩でもしました？」

槍原にそう尋ねられたのは、放課後のことだった。

聖夜祭まで残り数日に迫った俺たちの高校は、全校生徒が慌ただしく準備に追われていた。

「いきなり凄いこと訊くな。こんな忙しい時期に、俺と日向の仲を心配してる生徒なんて槍原くらいだぞ？」

「だって最近の日向会長、明らかにパイセンから距離置いてますもん。悠人パイセン、今日の弁当いまいちだったな～、とか本人に言いませんでした？」

「どうして俺が悪者前提なんだ……。それに、仮にそんな失礼なこと言ったら秒速で土下座する自信がある」

「……ふーん」

しかし、槍原の顔はちっとも納得してなさそうだった。

俺は書き終えた書類を手に、生徒会室にいる日向の姿を捜す。聖夜祭間近のため、生徒会長と相談しなければならないことはたくさんあった。

「日向、ちょっといいか」

「――っ」

ただ声をかけただけなのに、日向が息を呑《の》むのが俺でも分かった。

日向は動揺を隠そうとするような、ぎこちない笑みを俺に向ける。

「……うん。何か、用かな？」

「美術部が作ってくれた特製アーチが完成したんだけど、思ったより費用がかかったみたいでさ。どこか予算を削らなきゃいけないから、その相談がしたかったんだけど」

「ごめん、今はちょっと手が離せなくて。後で書類だけ確認してからメッセージ送るから、それでもいい？」

「……そうだよな、この時期なら会長が忙しいのは当然だし。分かった、待ってるよ」

書類だけ置いて席に戻る。その際、槍原が「ほらやっぱり言った通りじゃん」とでも言いたげに俺を見ていた。

槍原が言ったことは、あながち間違いじゃない。

日向が、月乃と付き合ってもいい、と言ったあの夜から、俺と日向はいつも通りの関係に戻ることが出来なくなっていた。

一番の大きな変化は、帰宅して二人きりになった後だ。

明らかに、日向は俺との会話を拒むようになっていた。

たとえば、一緒に食事をしている時。日向は自分から会話をすることなく、俺が話しかけるまで黙々と食事をするようになった。いつもなら、日向の方からたくさん話しかけてくれるのに。

まるで、一つ屋根の下で他人同士が暮らしているみたいだ。

その理由は多分、俺と家族でいることに負い目を感じてるから、だろうな。

俺と家族として一緒に暮らしているから、月乃の想いが叶わない。そう自分自身を責めているから。

「槍原さん。手伝って欲しいことがあるんだけど、いいかな」

会計の仕事をしていると、日向が槍原を呼び止める声が聞こえた。

「聖夜祭で使うテントの数を確認したいんだけど、一緒に来て欲しいんだ」

「ウチですか？　あー、でも今からクラスの模擬店に行かなきゃなんですよねー。今年は猫カフェするんですけど、アドバイザーとしてウチが必要なんで」

「そうなんだ。全然大丈夫だよ？　じゃあ別の人に――」

「だから、ウチの代わりに悠人パイセンとかどうですか？」

思わず、書類から顔を上げた。

小悪魔のような笑みを浮かべる槍原と、目を丸くした日向が、こちらを見ていた。

「ちょうど手が空いてるみたいですし。ねっ、パイセン？」

「えっ……俺？」

「もちろん、行ってくれますよね？　可愛い後輩のお願いですもん」

「あ、ああ。別に、断る理由もないけど」

後輩の圧に負けてつい頷くと、槍原は無邪気に笑いかけた。

「だから、パイセンって大好きです。じゃ、お願いしますね？」

「や、槍原さん……っ⁉」

日向の呼び声にも振り返らず、槍原は生徒会室から立ち去ってしまう。

「えっと、とりあえず俺と行こうか？」

「……う、うん」

テントが仕舞ってある倉庫に来るまで、会話なんて一切なかった。

到着した後も、日向と交わした言葉は作業に関わる事務的なものだけ。私語をせず仕事に集中する生徒会の鑑《かがみ》、と言えば聞こえはいいけど、実際はただ気まずいだけだ。

きっかけを切り出したのは、俺からだった。

「槍原、俺らのこと心配してくれてたぞ。俺と日向が明らかに距離を置いてる、って」

「……失敗しちゃったな。月乃ちゃんだけじゃなくて、生徒会の人にまで気を遣わせちゃうなんて」

「槍原が鋭すぎるんだよ。他の生徒はちっとも気づかなかったっていうのに」

「……なんかね、悠人君の前でどんな自分でいればいいか、分からなくなっちゃった」

まるで逃避するように、日向が俺に背を向けた。

「いつもみたいに悠人君といるとね、月乃ちゃんのことを思い出しちゃうの。月乃ちゃんのことを縛り付けてる私が、悠人君と暮らしてていいのかなぁ、なんて。そう考える度に、胸の奥がね、ぎゅって痛くなるんだ」

「……日向」

「私は悠人君にとって大切な存在になりたいって思って、一緒に暮らしたいって決意したつもり。でも、そんなの間違ってたのかな」

胸を押さえながら、日向が振り返る。

それは日向にはちっとも似合わない、泣いてるような笑顔だった。

「もしかしたら、私は悠人君と家族になるべきじゃなかったのかな」

「――そんなことないっ！」

倉庫の無機質な壁に、俺の声が反響する。

「俺は、日向と家族になれて良かったって心の底から思ってる！　日向には助けられてばっかりだし、日向の隣にいると落ち着くし、ずっと一緒にいたいって思ってるんだ！……だから、家族になるべきじゃなかった、なんて寂しいこと言わないでくれよ」

「……悠人、君」

日向の瞳の奥から、雫《しずく》が頬を伝って零《こぼ》れ落《お》ちる。

その涙を拭いもせず、日向は困ったように笑った。

「やっぱり駄目だなぁ、私って。こんな時なのにね、震えるくらい悠人君の言葉が嬉しい。……でも、悠人君の優しさに甘えちゃいけないんだよね。悠人君と家族でいたいって思うほど、月乃ちゃんを不幸にするだけだから」

日向の顔に浮かぶのは、真剣な表情。

「ばいばい、悠人君。今は、距離を置かせて。昔みたいな、同級生の頃みたいに」

「日向……っ！」

俺とすれ違うように、日向が倉庫から去ろうとして……そこで気づく。扉の傍にある棚から、テント道具が今にも落ちそうにはみ出していた。

けれど、日向はまるで気づいた様子はない。不安定なテント道具は日向の頭上に落ちる
――その寸前、無意識に俺は日向の手を引いていた。

「――っ」

果たしてその息を呑む音は、俺のものだったか、日向のものだったか。

無理な体勢をしたためにお互いがバランスを崩し、もつれるように床に倒れる。背中にぶつかる衝撃に、一瞬何が起こったのか分からなかった。

「――悠人、君……？」

真上からの声に視界が段々とはっきりして――俺も、それに日向も、呆然とした。

薄く頬を染めた日向の顔が、吐息がかかりそうなくらい、近くにあったから。

日向が俺に跨《また》がったまま、お互い指先一つ動かせない。まるで恋人がベッドに押し倒されて、そのままキスをされてしまうような。そんな恋愛映画のワンシーンのような光景。

その一瞬で、俺の頭の中は日向でいっぱいになった。

この数日間まともに日向と会話していない現実とか、ついさっき口論した時の熱量だとか、二人の少女とこのままの関係ではいられない苦悩だとか。そういった全部が、目の前の日向に塗り潰された。

このまま世界が止まればいいのに、なんて思ってしまうほどの陶酔感の中、俺と日向は言葉もなく見つめ合って――。

――ほら、またお前は日向のことを、家族以外の存在として見ている。

頭の奥で響いたその声に、ぞっとした。

一体俺は、何を浮かれているんだ？

日向は初めて好きになった人だから。だから初恋を忘れられなくて、こうして日向のことを異性として意識してしまう。

俺が日向と家族になりきれないせいで、月乃は自分の想いを押し殺しているのに。

日向も、それに月乃も苦しんでいるのは——俺の初恋が、終わらないからじゃないか。

「俺なら大丈夫だから。どいてくれるか、日向」

「あっ……う、うん」

日向が立ち上がり、腹の上にあったぬくもりが消える。

「えっと、ありがと。私のこと、守ってくれて」

「いや、いいよ。これくらい平気だから。日向に怪我《けが》がなくて良かった」

そう口にするだけで精一杯だった。

日向は少しだけ安堵《あんど》したような顔をすると、再び扉に手をかける。

「でも、これからはお互いに距離を置こう？　……仕方ないよ。私たちは元々同級生で、ずっと離れて暮らしていたんだから」

それは、俺と日向の間に、明確に境界線が引かれた瞬間だった。

日向を引き留めたいのに、なんて言葉をかければいいのか見つからない。

家族と呼ぶには俺は日向のことを少女として認識しすぎていて、同級生と呼ぶには後戻り出来ないほど大切な人になっていた。

日向が家族でも同級生でもないのなら、一体、俺にとって日向はどんな存在なのだろう。

そんなことさえ分からなくなっていた。


「これまで聖夜祭の準備を手伝って頂き、ありがとうございました。いよいよ、明日が本番です。最後まで気を抜かずに頑張りましょうっ」

日向の言葉に呼応するように、生徒会のみんなが「おーっ！」と声をあげた。

聖夜祭まで残り一日——たった今、生徒会室ではささやかな前夜祭が行われていた。

ソフトドリンクを片手に、日向は頑張ってくれた生徒に労《ねぎら》いの言葉をかけている。その表情は愛嬌《あいきょう》に満ちていて、それこそ女神のよう。

日向は立派な生徒会長だ。みんながいる前で、個人的なネガティブな感情なんて見せるはずがなかった。

「悠人、お疲れ様。会計、大変だったよね？」

外の空気を吸いたくてベランダに出た時、月乃が声をかけてきた。

ちょっと意外だった。あの夜以来、月乃とは少しだけ壁を感じていたのに。

「日向や月乃に比べると大したことないって。それより、無事ここまで来れて良かったな」

「うん。今年は副会長だから、ちょっとプレッシャーだったかも」

学校全体が聖夜祭の準備を終えていて、普段は質素な校舎内も、今日と明日だけは色鮮やかに飾りつけされていた。

「やっぱり、日向さんと今まで通り暮らすのは、難しそう?」

ふと、月乃が誰にも聞こえないよう小声で、そんなことを呟いた。

無理もないけど、俺と日向の仲を気にしてたんだな。

「……ごめんね。わたしが悠人に、日向さんの気持ちを話しちゃったから」

「月乃のせいじゃない、こうなるのは時間の問題だったんだ。俺だって日向の気持ちには気づいていたのに見ないフリをしてたんだから。むしろ、目を覚まさせてくれて感謝すらしてるよ」

月乃に告白されながらも幼馴染でいることも、日向への初恋が忘れられないまま家族でいることも。ただ、薄氷の上にいるように奇跡的なバランスで成り立っていただけだ。

「……どうしたいのか、自分でも分からないんだ」

窓越しに、生徒会の生徒と笑顔で言葉を交わす日向を眺める。

どうしようもないくらい、日向を遠くに感じた。

「日向と恋人になれないことに未練なんてなかった。だって、代わりに家族になれたから。でもさ、日向がずっと前から俺を好きでいてくれたっていうなら、心が揺れるんだよ」

それはこの世界で、月乃の前でしか零せない弱音だった。

「実際さ、前より日向のこと、家族として見れなくなってるんだ。それに、もし月乃と付き合えば日向の気持ちを踏みにじることになるから。そうなったら、どんな顔で日向と暮らせばいいのか分からない」

「そうだね。悠人には、誰かを悲しませることなんて出来ないよね」

でも、そのせいで俺の一番大切な二人が——日向と月乃が、追い詰められている。

俺が決断を下さない限り、何も変わらないっていうのに。

「でもね、日向さんが悲しむところなんて見たくないけど——わたしは、悠人が傷つくのが一番やだ」

「……月乃？」

突然の言葉に、呆気に取られてしまう。

しかし、何かの決意を秘めたように、月乃の表情は真剣そのもの。

「悠人も日向さんも優しいから、相手を傷つけないように必死で感情を抑えてる。でも、そのままだと何も変わらない。今を変えるためには根本的な変化が必要なの」

迷いなく逡巡《しゅんじゅん》なく、月乃は宣言する。

「だから、悠人も覚悟してね？　わたしの手で終わらせるから」

その言葉の意味を尋ねる前に、月乃はベランダから生徒会室へと去ってしまう。

慌てて後を追うと、月乃は日向に声をかけていた。

「会長、質問いい？　『聖夜の告白』について、確認したいことがあるの」

「……『聖夜の告白』について？」

驚いたように、日向が言葉を反復する。

あの日以来、日向は俺を避けるように月乃とも出来るだけ関わらないようにしていた。

こうして二人が会話するのを見たのは、久しぶりだ。

「うん。もし聖夜祭の前日に『聖夜の告白』に参加したくなった人がいる場合、急遽《きゅうきょ》参加することは出来る？」

……なんだって？

「えっと、それは難しいかな。『聖夜の告白』に参加するためには告白される相手、それと告白の内容を生徒会で把握して、本人と打ち合わせをする必要があるから」

日向の言う通りだ。告白される相手を生徒会が呼び出さなきゃいけないし、告白する内容も適切かどうか事前にこちらで判断する必要がある。

だからこそ、もう参加者は締め切っている。それは月乃だって知っているはず。

それなのに、月乃は少しも躊躇うことはない。

「じゃあ――生徒会の生徒なら、参加は可能、って解釈してもいいよね？」

「……えっ？」

「生徒会の生徒なら、この場で告白される相手や告白の内容を確認することが出来るから。副会長としては、ギリギリセーフ、って判断出来ると思う」

「っ、月乃ちゃん？　あなたは、いったい何を――」

「会長にお願いがあるの。わたしを――小夜月乃を『聖夜の告白』に、参加させて欲しい」

その一瞬で、音という音が止《や》むように、生徒会室が静かになった。

「おい、今の聞いたか？　小夜が『聖夜の告白』に参加するって」

「だって、聖夜祭は明日だよ？　月乃先輩、急にどうしたんだろ」

やがて、二人の会話を聞いていた生徒たちを中心に、ざわめきが広がる。

今や部屋にいる誰もが、日向と月乃に注目をしていた。

「……月乃ちゃんが、参加？　『聖夜の告白』に？」

「次に、呼び出す相手だよね？　その確認も簡単だと思う。相手は同じ生徒会の、悠人だから」

その名前に、日向が言葉を失う。その場にいたみんなが一斉に俺の方を向いた。

「それで、告白の内容だけど――」

そして、俺は思い知らされることになる。

月乃が口にした、覚悟してね、という言葉の本当の意味を。

「――悠人に、告白をしたい。今までずっと好きでした、って」

……それは、間違いなく。

日向に対する宣戦布告だった。

『――えええぇぇぇ～～～～～～～～～～～～～～～～～っっっ！！！』

月乃の一言で、それまで平穏だった生徒会室は騒然となった。

物凄《ものすご》い形相で俺に詰め寄る生徒、きゃあきゃあと歓声をあげる生徒、その場で崩れ落ちる生徒。まるで祭りのような騒々しさ。

ただ一人、彼女だけが——『月の天使』だけが、揺るぎない覚悟を瞳にたたえ、一人の少女を見つめている。

その相手は、呆然と立ち尽くす少女——『向日葵の女神』だ。

月乃の意図が汲《く》み取《と》れない。どうして、突然『聖夜の告白』に参加する意思表明なんてしたのか。俺には分からない。

それでも、一つだけ確信してることがある。

月乃は変えるつもりなんだ。俺と日向と月乃の、今の関係を。

四章　そして朝が来る／聖夜祭を君と／それぞれの想《おも》い

聖夜祭、当日。

晴れ渡った冬空の下、学園は物凄《ものすご》い人の数だった。自校の生徒はもちろんだけど、他校の生徒や家族連れの人たちも聖夜祭のシンボルである特製アーチをくぐる。

「あーあ、騙《だま》されちゃった。パイセン、猫カフェに来た時言ってましたよね？　月乃《つきの》先輩とはまだ付き合ってない、って」

その近くで、これでもかと槍原《やりはら》に不満をぶつけられながら、俺は参加者にパンフレットを配っていた。

「結局、あれも付き合ってることを隠すためのフェイクだったってわけですか。後輩の純情を弄んだわけですね」

「……いや、何回も説明してるけど、本っ当に付き合ってるわけじゃないんだって」

言葉だけ聞けば、浮気がバレて彼女に言い訳してるみたいだな、これ。

あの月乃の爆弾発言で、どうやら槍原には嘘《うそ》をつかれたと思われたようで、こんな風に拗《す》ねっぱなしだった。

「じゃあ、昨日のアレはなんて説明するんですか？　『聖夜の告白』は絶対に成功する生徒しか参加しない、って言ってたのはどこのパイセンでしたっけねー？」

「……俺も分からないんだよ。この前は、『聖夜の告白』に参加するつもりはない、ってはっきり言ってたのに」

あの後、俺がどれだけ『聖夜の告白』への参加について尋ねても、月乃は答えてくれなかった。

俺と付き合えば日向《ひなた》の気持ちを蔑《ないがし》ろにすることになる。そう言ったのは、誰でもない月乃だ。なのに、どうして『聖夜《き》の告白』に参加するなんて……。

とにかく、月乃から真意を訊かなければ。『聖夜の告白』が始まる、夕方までに。

時間になり、パンフレットの配布を別の生徒と交代する。月乃に会いに行くなら今だ。

「ごめん、槍原。俺、行かなきゃいけないから。誤解なら後でゆっくり解かせてくれ」

「……いいですよ。今のパイセンに何を言っても、頭の中は月乃先輩でいっぱいでしょうし。その代わり、後でちゃんと説明してくださいね！」

槍原に手を振り、校舎に向かう。目指すのは生徒会室だ。

廊下に出ると、カラフルな看板を掲げた教室や声を弾ませる生徒であふれていた。

祭りの高揚感を肌で感じながら、足早に生徒会室を目指す。今だけは受験を忘れた上級生や、初めての聖夜祭を楽しむ下級生。それに西洋人形みたいに無表情な幼馴染《おさななじみ》の姿があったが、今は一秒でも早く月乃に会いた――。

……幼馴染？

勢いよく振り返れば、やはり見間違いではなく、そこには月乃がいた。

「月乃っ！」

「あっ、悠人《ゆうと》。良かった、やっと見つけた。捜してたんだよ？」

まるで休日にたまたま会ったかのような気軽さで、月乃が俺に手を振った。

その手に握っているのはチョコバナナとクレープ。よく見てみれば、もう片方の手にはフレンチクルーラーまである。

……えっと、まさかだけど。

あんなことがあった翌日なのに、普通に聖夜祭を楽しんでません？

「あのさ、月乃。もしかして、出店巡りしてたとか……？」

「うん、せっかくの聖夜祭……もぐ……だから。各クラスや部活の企画なら全部把握してるから、悠人も気になる場所が……もぐもぐ……あったら案内するよ？」

「せめて喋《しゃべ》り終わるまでは食べるの我慢してくれない⁉」

俺は昨日からずっと月乃のことを心配してたっていうのに……！　なんていうか、何とも言えない敗北感すらある。

「食べ物のことじゃなくて、俺は月乃に訊きたいことがあったんだ。……昨日の、『聖夜の告白』に参加するって月乃の言葉について」

「………………」

月乃が食べる手を止めた。

「月乃、俺に言ったよな。日向のために今はまだ幼馴染のままでいようって。なのに、どうして今の関係を壊すようなことをするのか、俺には分からないんだ」

神秘的な瞳で俺を見つめる月乃に、俺は尋ねる。

「月乃は、本気なのか？　本気で——俺に告白をするつもりなのか？」

「うん、そうだよ。中途半端な気持ちで、『聖夜の告白』で悠人に告白なんてしない」

「じゃあ、日向の気持ちはどうなるんだ？　月乃だって、日向のことあんなに傷つけたくないって——」

「だからこそ、だよ。今みたいに、わたしと悠人が幼馴染のままだと、日向さんが苦しむだけだから。日向さんのために、誰かが今の関係を終わらせなきゃいけないの」

……分からない。もし月乃の告白が成功したら、それは日向を傷つけることになるんじゃないのか。俺には、月乃の言葉が矛盾してるようにしか聞こえない。

「もっと教えて欲しい？　だったら、わたしのお願いを聞いて欲しい」

「……お願い？」

「うん。これから、副会長として各企画の見回りをしないといけないんだけど、悠人にも付き合って欲しい。わたしと一緒に、聖夜祭を回って欲しいの」

思いも寄らない言葉に、思わずぽかんとしてしまう。

ああ、そうか。今日は聖夜祭なんだ。誰かに誘われてもちっとも不思議じゃない。

「たった三年間しかない学園生活の、一年に一度だけのお祭りだよ？　せっかくだから、誰でもない悠人と楽しみたい。……どうかな？」

そして、月乃はまるで小動物のように上目遣いで俺を見つめた。

俺には、月乃が何を考えているのかまだ摑《つか》みきれない。もしかしたらとんでもないことになるかも、って不安は少なからずある。だけど、それでも言い切れることがある。

月乃は、日向の想いを踏みにじるようなことはしない、絶対に。今はその直感を信じたかった。

……それに、本心を言うならば。

俺だって、月乃と一緒に聖夜祭を過ごしたい。

幼馴染としてじゃなくて、何処《どこ》にでもいる男子生徒として。

「……そうだな。副会長を補佐するのも書記の仕事、だもんな」

「むー、生徒会の仕事だからってこと？」

「いや、素直に月乃と一緒の時間を過ごしたいって思ってるよ。でも、まだ俺には会わなきゃいけない人がいるから。その時間までなら、だけど」

「うん、分かってる。だけど、それまでは悠人のこと独り占め出来るよね？」

わずかな時間を惜しむように、月乃が俺の服の袖を引っ張る。

もとより、俺に断るなんて選択肢は初めから無かったのかもしれない。

昔から、月乃に甘えられるのには弱いんだから。

まさか、月乃と一緒に聖夜祭を回ることになるなんて。

今の今まで、日向と月乃のことばかりを思い悩んでいたのに、こうして聖夜祭に参加してること自体が不思議だった。

月乃は、どんな気持ちでいるんだろう。隣を歩く月乃の横顔を見ても、無機質な表情をしているだけで、感情までは読み取れない。

ふと、月乃が足を止めたのは、とあるクラスの模擬店である喫茶店だった。

「まずは、この模擬店の見回りをしよっか？」

「見回りって、具体的に何をするんだ？」

「お店の内装に問題がないか入店したり、味に問題がないか料理を食べたり、とか？」

それってお客さんとして模擬店を楽しんでるだけでは……。でも、見回りって言ってもそれくらい軽い気持ちでもいいのかも。生徒会役員だろうと聖夜祭を楽しむべきだ。

「いらっしゃいませ～！　お二人様、ご案内でーす！」

俺たちが一番初めに入ったのは、クリスマスをコンセプトにしたカフェだった。給仕係の生徒が着ているサンタの衣装は本格的で、学園祭とは思えないくらいの完成度だ。

テーブルの席につくと、給仕係の女子生徒がスマイルを浮かべながら、

「お待たせしましたー！　ご注文をお伺い――あれ、副会長さんじゃないですか。良かった、来てくれたんですね！」

「えっ、月乃、この女の子と知り合い？」

「うん。この模擬店は、生徒会の相談役として何度も来てたから」

「その節は大変お世話になりました！　副会長さんは、私たちのクラスの恩人みたいな人なんですよ？」

そう語る給仕さんの笑顔には、尊敬が滲《にじ》んでいるような気がした。

「私たち一年生だから、聖夜祭で何をすればいいのか全然分からなくて。スイーツの保存方法とか衣装の予算とか、副会長さんが教えてくれなかったらまともにオープン出来なかったと思います」

「……わたしなんて大したことない。クラスのみんなが頑張ったから、だよ？」

月乃、はにかんでる。副会長としての責任も感じてただろうし、きっとこんな風に生徒から感謝されて光栄だろうな。

「後輩がこんなに慕ってくれて良かったな。立派な副会長だよ、月乃は」

「そう、かな。……いつも聖夜祭の準備をしてる日向さんと悠人を見て、わたしも頑張らなくちゃ、って思ったから。悠人に褒めてもらえるなら、嬉《うれ》しい」

月乃が小さく笑うと、給仕さんはまるで信じられないものでも見たように、

「あ、あの、失礼ですけど、このお方とはどんなご関係なんですか？　副会長さんがこんなに照れちゃうなんて、初めてですけど……」

「悠人は、小さな頃からの幼馴染でお隣さん。ご飯作ってもらったりとか、いつもお世話してもらってるの」

「へー、そうだったんですね！　だから副会長さん、一緒にいて楽しそうなんですね」

「うん。悠人がいないと生きていけないくらい、大切な人」

「ちょ……っ！」

その言い方は色々と語弊があるのでは……！

見れば、給仕さんは月乃の言葉に顔を真っ赤にしていた。

「へ、へー！　そうだったんですね！　……あの、もしかして悠人さんって、副会長さんの彼氏さんですか……？」

「い、いや、それは──」

「大丈夫です！　聖夜祭くらい恋人と回りたいって気持ち、分かりますから。でも、子どもの頃からの幼馴染が彼氏なんて、素敵ですよね！」

……結局、注文が終わったのは、給仕さんの大いなる誤解を解いた後になった。

しばらくして、注文した品が運ばれてくる。

俺にはシナモンティー、月乃にはミルクティー。そして二人で食べるためのブッシュドノエルだ。

なんか、月乃と一緒にケーキを食べると、やっとクリスマスって実感する。

子どもの頃に毎年していたクリスマス会はもうしていないけど、今では月乃が持ってきてくれた小さなケーキを二人で食べるのが恒例になった。まさか、聖夜祭で食べることになるとは思わなかったけど。

ケーキを一口食べて、月乃の表情がぱあっと明るくなる……なんて、いつもの無表情だから、俺以外は気づかないだろうけど。

「美味《おい》しい。クリスマスにケーキを食べるって文化を考えた人は天才だと思う」

「それは良かったな。確かに、学園祭レベルとは思えないくらいだよな。これだけのケーキを作ろうと思ったら相当大変だろうし」

「悠人でも無理？」

「全然駄目だと思う。そもそも、デザート系とか作ったことないからな」

「そういえばそうかも。……でもね、わたしは一度だけあるよ？　お菓子を作ったこと」

「月乃が？」

「うん。悠人も知ってるはずだよ？」

最近まで料理に苦手意識があった月乃がお菓子作りだって？　そんなことあり得るのか
――いや、待て。

思い出した。確かに俺は、月乃が作ったお菓子を見たことがある。

いやでも、それって……。

「もしかして、忘れちゃった……？」

「い、いや、そんなことないけど」

ただ、それを俺が口にするのは恥ずかしいというか。

けれど、月乃は不安そうな眼差《まなざ》しで俺のことを見つめていて……やっぱり、言うしかないみたいだ。

「チョコレート、だろ。小学生の時、バレンタインに月乃が俺にくれた」

「……ありがと、覚えててくれたんだ」

「忘れるわけないだろ。あの時さ、確かクラスで手作りが流行《はや》ってるから、って理由でチョコをもらった気がするけど、もしかして……？」

「……本命。一番初めに手作りをあげるの、悠人が良かったから。あの時の悠人、顔を真っ赤にしてたよね？」

「ま、まあ、バレンタインに女の子からチョコをもらうって初めてだったし……幼馴染が相手でも嬉しいだろ、それは」

ああ、もう。顔が熱くて、まともに月乃の顔を見れやしない。

「でも、月乃が手作りチョコくれたの、あれが最後だったよな。今でも毎年くれるけど、市販の義理チョコだし」

「他の女の子が作ったチョコより下手だったから、恥ずかしくて。多分、あんまり美味しくなかったよね？」

確かにその通りだった。月乃が帰った後に食べてみるとこれが石みたいに硬くて、全部食べるのに苦労した記憶がある。

……だけど。

「どうかな。食べた時のことは、あんまり覚えてないから」

「……そっか。じゃあ、いつかまた悠人にチョコ、作ってあげる」

小さく笑って、月乃はクリスマスケーキを食べるのだった。

「ありがとうございました〜！　副会長さんに悠人さん、聖夜祭楽しんでくださいね！」

給仕さんに見送られ、月乃と一緒に色とりどりの模擬店に目移りしながら廊下を歩いていると、ふと気になる看板に足を止めた。

スプラッターハウス——どうやらお化け屋敷《やしき》らしい。

「気になるの？　いいよ、悠人が行きたいなら一緒に行こ？」

「いいのか？　月乃って、こういう怖いの大丈夫だっけ」

「多分、悠人がいてくれれば平気だと思う」

生徒会の前評判では「今年のお化け屋敷はヤバいらしい」なんて噂《うわさ》があって、映研のホラー映画とどっちが怖いのだろうと実は興味があった。

月乃も大丈夫だって言うなら、挑戦してみようかな。

このお化け屋敷は着席型と呼ばれるもので、席に着いて他の参加者と一緒に楽しむものみたいだ。

受付を終えて薄暗い教室の中に入ると、用意された椅子には既に数人のお客さんがいた。他の人と同じように、俺と月乃も空いた席に座る。

どうやら怪奇現象の起こった教室をイメージしてるらしく、黒板を埋め尽くすほどの血の手形があり、天井から割れた蛍光灯がぶら下がっている。

その時、ぎゅっと、腕に柔らかい感触。

まだ何も始まってないのに、隣にいた月乃が俺の腕に抱きついていた。

「……あのさ、月乃。それって、何か怖いことが起きたらするやつだと思うんだけど」

「……？　もう十分怖いよ？」

そんな無表情で言われても、ちっとも説得力がない。

「もしかして、抱きつかれるの迷惑だった？」

「い、いや、そんなこと全然ないけど……」

むしろ、月乃は平気なのかな、とすら思った。

月乃の体温と柔らかさが腕に伝わって、頭がくらくらしそう。恐怖のせいなんかじゃなく心拍数が上がっていって、心音が月乃に聴こえないか心配すらしてしまう。

いっそお化け屋敷なんて始まらず、ずっとこのままでもいいのかも。

そんなことを考えていたら、先程まで流れていた音楽が止まる。どうやら、今から始まるらしい。そう思った直後、ひっ、と別の席から女子の悲鳴が聞こえた。

反射的に俺も目を移し……いったい、いつからそこにあったのだろう。

天井から、傷だらけの顔をした学生服の男子が逆《さか》さ吊《づ》りにされていた。

「……～～～っ！」

驚きすぎて、声すら出なかった。

それなのに、月乃は俺に抱きついたまま、けろっとしていた。

(あれ、本物の人だよな？　微動だにしてないけど、役者魂凄《すご》すぎるだろ……)

(うん、びっくりした。本格的だね)

……その割には、平常運転すぎない？

もしかして、この空間で一番怖がっていないの月乃なんじゃないか。あそこにいる女子生徒なんて顔を覆って震えてるのに──いや、待て。様子がおかしくないか。

「あ……うぁ……！」

女子生徒が椅子から転がり落ち、慌てて俺は声をかけた。

「だ、大丈夫ですか⁉　気分が悪いなら保健室まで──」

「ありがとうございます。でも、大丈夫ですよ……もう手遅れですから」

…………へ？

女子生徒の返答に呆気《あっけ》に取られたのも束《つか》の間《ま》、彼女は俺の方を向く。

その顔面にはあるはずの二つの瞳がなく、本来目がある場所からは血が滴っていた。

「うおぉ……っ！」

今度こそ、悲鳴が出た。

完全にやられた、まさか参加者に紛れてたなんて……！

俺が恐怖に固まってる間に、女子生徒は失《な》くなった眼球を捜すように床を這《は》う。参加者たちは絶叫し、あっという間に阿鼻叫喚《あびきょうかん》の地獄になった。

それなのに、だ。

どうして、月乃はさっきから顔色一つ変えていないのか。

（……だ、大丈夫か？　怖すぎて失神してるわけじゃないよな？）

（してないけど、悠人こそ平気？　今、変な声出てたよ？）

……絶対におかしい。どうして月乃は、こんなにいつも通りなのか。

（さっきから気になってたんだけど、月乃は怖くないのか？　俺なんて入ったこと後悔してるくらいなんだけど……）

（怖いよ？　一人なら、絶対に無理だったと思う）

（……一人なら？）

こく、と月乃が頷《うなず》いた。

（だって、今は悠人がいるから。悠人なら、どんなことがあっても絶対にわたしのこと守ってくれるよね？　だから、怖いけど怖くないよ？）

……あー、うん。そういえば、そうだった。

月乃って昔から、俺がいるとホラー系怖がらないんだっけ。

子どもの頃の肝試しもそうだ。月乃は俺とペアじゃなきゃやだって言って周りを困らせて、いざ一緒に行ったら終わるまで表情一つ変えなかった。

俺がいるなら平気だけど、俺がいないなら平気じゃない。それが月乃だった。

それはいいんだけど……。

（じゃあ、さっきより距離が近くなってるのって……）

(ここのお化け屋敷、すごく怖いから。悠人が傍《そば》にいるって感じてないと、不安)

だから、こんなに月乃との距離が近いのか。

月乃の頬も、腕も、太ももも。全身がくっついていて、まるで今にも押し倒されてしまいそう。月乃と重なった部分が、熱を帯びていく。

(あのさ、もう少し離れてくれると助かるんだけど……!)

(悠人からちょっとでも離れたら怖くて泣いちゃうけど、いい?)

(それはよくないけど! ……なんか、照れるんだよ。こんなに近くに、月乃がいると)

(……そっか。もう昔みたいに、幼馴染だけじゃないもんね)

薄い暗闇の中、ほのかに月乃が笑っているような気がした。

それからの恐怖体験は、俺を絶句させるものばかりだった。ここだけの話、月乃のぬくもりで怖さを半減出来たから、耐えられたんだと思う。

それでも終わった頃には、俺を含めた参加者みんなの顔が青ざめていた。

「やっと助かった……。ああ、もう。学園祭レベルじゃないだろ、これ」

息も絶え絶えに参加者たちが退席するなか、たった一人月乃だけが、いつもと変わらない表情で俺の腕に抱きついている。

「次はゆっくり出来るとこにしよう、絶対。これ以上刺激を求めたら俺の心臓持たない」

「…………」

「月乃?」

いつまでも立ち上がろうとせず、月乃は俺の腕を抱きしめるばかり。

その頬は、まるで恥じらいを覚えるように、朱に染まっていた。

「もう、終わっちゃったんだ。……怖かったけど、もう少しこのままでいたかったのに」

「そ、そっか。じゃあ、少しだけ休もうかな。ちょっと頭がくらくらするし」

「……ごめんね。悠人とこうしていられるの、今だけだから」

外に出れば、俺たちは幼馴染として振る舞わなければいけなくて。

だから、誰も見ていない今だけは、月乃と特別な時間を過ごしたかった。

……もっとも、数分後には苦笑いをしたスタッフに声をかけられたけど。

もうどれくらい、月乃と聖夜祭を巡ったっけ。

たとえば、月乃と一緒に演劇部のミュージカルを遠くから覗《のぞ》き見た。

幼稚園児の時に悠人としたお遊戯会とは全然違うね、と月乃は頰を緩ませた。

たとえば、月乃と一緒に野球部のバッティングセンターに参加した。

月乃って昔から運動が大の苦手だけど大丈夫かな、と心配してたら奇跡的に一球だけヒットを当てて思わずグータッチした。

たとえば、月乃と一緒に書道部の展示を見に行った。

そういえば小学生の時は書き初めの宿題一緒にしてたよな、なんて話をした。

「ねえ、見て見て。リンゴ飴《あめ》あるよ、一緒に食べよ？」

たとえば、今。月乃と一緒に、中庭にあるたくさんの屋台の中を歩いていた。

「月乃、本当にそれ好きだなぁ。夏祭り行ったら、いつも買ってもらってたよな」

「……そうだっけ？」

「宝石みたいに綺麗《きれい》だからって、なかなか食べずにずっと眺めたりさ。いつだったっけ、祭りの途中で月乃がいなくなって、大慌てで捜したんだよ。そしたら、リンゴ飴の屋台をじーっと見ててさ。綺麗だから見とれてた、って」

「あっ、それは覚えてる。悠人、ちょっとだけ怒ってたよね」

「そりゃ心配するだろ、急にいなくなるんだから。もうはぐれないようにって、祭りが終わるまで手を離さなかったっけ。懐かしいな、あの頃って小学生だったし月乃と手を繋《つな》いでも何にも思わ、な――」

「……悠人？」

突然言葉を失くした俺に、月乃が不思議そうに小首を傾《かし》げる。

「いや、悪い。何でもないんだ。ただ、さ……何を見ても月乃との思い出があるんだなって、思っただけだから」

こんなに、俺は月乃と一緒にいたのか。

ケーキを食べても、お化け屋敷に入っても、リンゴ飴を見つけても、何をしても月乃と過ごした日々を思い出す。それは俺にとって当たり前で、けれどきっと特別なこと。

月乃は俺にとって、お隣さんで、幼馴染で、家族みたいな存在だったから。

月乃がいない人生なんて、考えたこともなかった。

けれど——もしかしたら、今日。俺と月乃の関係は、変わってしまうかもしれない。

「なあ、月乃。訊きたいことがあるんだ」

「……うん、いいよ。たくさん悠人と聖夜祭を過ごせたから、約束通り話してあげる」

静かな決意を秘めたような月乃の表情に、もう俺は戸惑わない。

「月乃は、『聖夜の告白』で俺に告白をするつもりなんだよな？　俺たちの関係を、変えるために」

「……悠人も日向さんも、自分の感情に嘘をついてるのが分かるから。悠人と日向さんは相思相愛なのに、その気持ちを見ないふりして一緒に暮らしてる。そんな二人なんて、見たくない」

迷いのない、真っ直《ま》ぐ《す》な月乃の瞳。

「だから、日向さんや悠人と前に進むために、わたしは告白する——わたしか、日向さんか。悠人に決断してもらうために」

「だけど、やっぱり俺には分からない。もし俺が月乃の告白を受け入れたら、やっぱり日向を傷つけることになるんじゃないのか。月乃は、それだけは絶対に嫌だって言ったのに」

「そうだね。もしわたしが悠人と付き合えば、日向さんはきっと悲しむと思う。……今のままなら」

「えっ……？」

「本当の意味でわたしたちが前に進むためには、わたしと悠人だけじゃダメ。あと一つのピース——日向さんの覚悟が、絶対的に必要なの」

——ああ、そうか、そういうことか。

日向の覚悟。その一言で、月乃が何を望んでいるのか俺にも理解出来た。

何故《なぜ》、月乃が『聖夜の告白』に参加するのか。

何故、日向が傷つくかもしれない行動を取るのか。

それは全て、日向が行動を起こすキッカケを作るためだった。

「でも、それはわたしや悠人が強制するものじゃないから。日向さんが決意するのを、ただ待つしか出来ない」

「……そうか。月乃が日向を傷つけても構わないって思ってるわけじゃない、っていうのはよく分かった」

だとすれば、俺は最後に訊かなければいけないことがある。

それは俺にとって、絶対に避けてはならない、大切な疑問。

「本当に月乃は、『聖夜の告白』に参加してもいいのか？　だって、告白が絶対に成功するなんて、月乃だって思ってないんだろ？」

「……悠人には好きな人がいるもんね。告白すれば悠人と付き合える、なんて甘いことは考えてないよ？」

まるで射貫《いぬ》くような、月乃の眼差し。

「だから、もし『聖夜の告白』で悠人にフラれたら——悠人のこと、諦めるから。悠人はわたしじゃなくて、日向さんを選んだってことだもん」

「それは……っ！」

違う、と言いたかった。

でも、それを言う権利が今の俺にあるのだろうか。いつでも月乃と付き合うことが出来たはずなのに、日向のために今までずっと先延ばしにしてきた、俺に。

「それにね、もし悠人と日向さんが結ばれるなら、わたしはそれでもいいよ？」

「えっ——」

それは、月乃にとって悲しい言葉のはずで。

でも幼馴染の顔に浮かぶのは、優しい微笑《ほほえ》みだ。

「日向さんは悠人のことが好きなのに、家族だからその恋は叶《かな》わないって自分の気持ちを抑えてる。それがどれだけ苦しいことか、わたしには分かるから。日向さんの想いが悠人に届くなら、それはとても素敵なことだって思う、から——」

次第に、月乃の声が震えて……その瞬間、俺は確かに見た。

今にも泣き出しそうなくらいに揺れた、月乃の瞳。

「だから、わたしのことは気にしないで？　悠人には、本当に好きな人を選んで欲しい。わたしは……悠人の幼馴染でも、幸せだから」

「月乃っ！」

走り去って行く月乃の小さな背中に手を伸ばす。けれど摑もうとした手は、むなしく空を切るのみ。

騒々しい人の群れの中で、俺だけが世界から取り残されたみたいだった。

「……月乃、泣いてたよな」

まったく、なにが日向や俺に自分の気持ちに嘘をついて欲しくない、だ。

月乃だって、自分の感情を必死で抑えてるじゃないか。

悲しくて、苦しくて、寂しくて。それでも俺に本心から好きな人を選んで欲しくて、最後まで笑顔を見せようとしてた。

小さな頃から、月乃は俺が守らないと、って使命感みたいなものがずっとあったけど……あんなに強い女の子だったんだな。

「……行かなくちゃ」

月乃の決意を無駄にすることだけは、絶対にしちゃ駄目だ。俺は、俺に出来ることをしないと。

聖夜祭の賑《にぎ》やかな人波の中、俺は歩き出した。

もう一人の少女に、会いに行くために。

◇

「会長、少し休んではいかがですか？」

私が聖夜祭の進行表を確認していると、生徒会の後輩である男子からそう助言された。

午後を過ぎたくらいの、生徒会室。

大体の生徒は聖夜祭の巡回や模擬店の協力、あとは単純に遊びに出かけたりしていて、生徒会室には数人しか残されていなかった。

「私なら大丈夫だよ？　生徒会長だもん、他の誰よりも頑張らなくちゃ」

「しかし、会長は今朝からずっと休みなしで働いてるじゃないですか。他の生徒も聖夜祭を楽しんでますし、少しくらい休憩しても……」

「聖夜祭だからこそ、だよ？　私がここにいることで一人でも多くの生徒が楽しんでくれるなら、私はそれでいいかな」

「……そうですか」

生徒会長だから仕事の手を休めるわけにはいかない。そんなのただの建前だってこと、私が一番分かってる。

私が心から聖夜祭を楽しめない理由なんて、たった一つだけ。

今夜の『聖夜の告白』で、月乃ちゃんが悠人君に告白をするから。

「…………」

思い出して、また胸が苦しくなった。

いつか、こんな日が来ると思ってた。そう遠くない将来、月乃ちゃんは悠人君の恋人になるだろうな、って毎日のように考えてた。

けど、結局のところ、私にその現実を受け入れる覚悟なんてなかったのだと思う。だってほら、悠人君と月乃ちゃんのことを思うと、胸が張り裂けそうなくらい苦しい。

二人が結ばれる未来を嘆く権利なんて、家族である私にあるはずないのに。

悠人君と恋人になれない生き方を選んだのは私なのに、悠人君に誰かと付き合って欲しくないって心が叫んでる。

いったい、私はどうしたいんだろう。


「日向っ」

もう幾度となく耳にした、聞いていて心地良い声色。

息を弾ませて生徒会室に駆け込んだ、悠人君がいた。

「悠人、君。……どうしたの、そんなに慌てて」

言葉を交わすのは、昨日の生徒会以来だった。

月乃ちゃんが悠人君に告白をすると知ってから、悠人君とは会話どころか目を合わすことすら私には出来なかったのに。今は、悠人君から目を離すことが出来ない。

「もしかして、応援に来てくれた？　良かった、やっぱり聖夜祭って大忙しだから人手不足だったんだ」

それは朝比奈《あさひな》日向というより、生徒会長としての言葉だった。

大丈夫、動揺することなんてない。私と悠人君は、ただの生徒会長と書記だ。

「えっと……日向に、言いたいことがあるんだよ」

真剣な面持ちで、悠人君が私のことを見つめる。私と悠人君の緊張が伝わったのか、部屋にいたみんなが私たちのことを見てる。

今までありがとう、かな。それとも、これからもよろしく、かな。どんな言葉でも良い、心の準備なら出来てる。

悠人君は一度だけ深く呼吸をして、はっきりと言い放った。

「俺と、聖夜祭に付き合ってくれないか？　日向と一緒に回りたいんだ」

「…………………………ほえ？」

自分でも驚くくらい、気の抜けた声が出た。

セイヤサイ、せいやさい、聖夜祭……聖夜祭⁉

「わ、私と一緒に回りたいって……⁉　で、でも、今はそんな場合じゃ——」

「今じゃなかったら、いつ日向と聖夜祭を楽しむんだよ。一年に一回だけ、なんだぞ。俺は日向とも過ごしたい」

「で、でもでもっ！　生徒会長の私が離れるわけには……」

「ご心配なく！　ここは我々に任せてください！」

威勢よく立ち上がったのは、さっきの後輩の男の子。

それだけじゃない。友達の女子も、生徒会室から押し出すように私と悠人君の背中をぐいぐいと押した。

「ほらほら、日向は頑張りすぎなんだって。みんな日向のこと心配してるよ。いいから弟クンと一緒に聖夜祭楽しんできな？」

「あっ、ちょっと……！」

私と悠人君は廊下に追い出され、二人きりにされた。

「こ、困っちゃったね。悠人君と楽しんで来い、なんて」

「日向は、俺と聖夜祭を歩くの嫌か？」

「い、嫌じゃないよ！　嫌じゃない、けど……」

どんな顔をして悠人君の隣にいればいいか、分からないだけ。

だって今日、悠人君は月乃ちゃんに――。

「そうだね、私と悠人君は姉弟だもんね。悠人君に誘われても、変じゃないよね」

「それは違う。俺は、そんなつもりで日向を誘ったんじゃない」

芯の通った力強い声に、思わず悠人君を見つめ返した。

「日向が家族だから、じゃない。日向が日向だから、俺は君と一緒に聖夜祭を過ごしたいんだ。……それじゃ駄目か？」

「私が、私だから……？　そ、そっか。じゃあ、ちょっとだけ」

そんな言葉を言われたら、もう生徒会長とか家族じゃいられない。

悠人君と聖夜祭を回るのは彼のことが好きな少女、朝比奈日向だった。

賑やかな廊下を、悠人君の背中を見つめながら歩く。

私が悠人君の三歩分くらい後ろを歩いていると、たまに悠人君はこちらを振り返って、

「何処か行きたい場所とかあるか？　良かったら、全然付き合うけど」

「あっ……ううん、大丈夫。私は悠人君が行きたいところで構わないよ？」

「……そっか、分かった」

そうして、悠人君がまた前を向く。さっきから、何度も同じことを繰り返してる。

隣に並びたくなかったのは、悠人君の顔を見ているとどうしても月乃ちゃんのことを思ってしまうから。悠人君も私の気持ちを分かってくれてるのか、後ろを歩く私のことを何も言わないでいてくれた。

（……ずっと昔にも、こんなことあったなぁ）

六歳だった私が、悠人君と遊園地で初めて出会った日のこと。あの時も、こんな風に無言で悠人君の後ろを歩いてた。

あの頃の私はまだ人見知りな女の子で、悠人君に「ユキちゃん」って呼ばれてたっけ。

悠人君は楽しませようとしてくれたけど、私はずっと緊張しっぱなしで。もしかして嫌われたかな、って不安になりながら悠人君の背中を見つめてた。

「……あっ」

ふと、悠人君が何かを見つけたように足を止めた。

見つめる先にあるのは、射的の模擬店だった。多分、的になってる色とりどりの羊毛フ

エルトは生徒が作ったのかな。射的で落とせば景品でもらえるみたい。

悠人君が、私に小さく笑いかける。

「射的、やってくか。丁度ゲームがしたかったとこだしな」

「……うん。悠人君が、そう言うなら」

大丈夫かな。私は、上手《うま》く笑えているかな。

隣に悠人君がいること、月乃ちゃんが告白をすること。そればっかり気になって、射的なんてちっとも頭に入らない。

上の空だからか、コルクの銃を撃っても的にかすりもしなかった。

「あー、残念。最後の一発だけど、大丈夫か？」

そんな悠人君の言葉にも、私は曖昧に頷くことしか出来ない。

悠人君は月乃ちゃんに告白されること、何とも思ってないのかな。そうだよね、私と悠人君はただの家族だもんね……そう銃を構えた時、手が柔らかい感触に包まれた。

悠人君が、一緒に照準を定めるみたいに、私の手に手を添えていた。

すぐ傍に悠人君の顔がある。そう気づいた瞬間、私の顔はぼっと熱を帯びた。

「ゆ、ゆゆ、悠人君っ……!?」

「銃がブレてるみたいだから、しっかり支えた方が当てやすいと思って。どうだ、ちょっとは狙いやすくなったか？」

もう射的どころじゃないよ、悠人君。

そう心の中で叫ぶだけで、実際の私はこくこくと頷くだけ。胸の高鳴りが激しくなって、さっきよりずっと銃の先端が震えてしまう。

なのに、悠人君は気づいていないのか、真剣に的を狙ってる。

悠人君、そういうとこ。そういうとこじゃないかな……！

「日向、真っ直ぐ前を向いて。外したら終わりだからな」

悠人君に動揺してるのがバレる前に、とにかく撃たなきゃ。悠人君が狙いを定めてくれた景品に向けて、引き金を──……。

ようやく私がそれに気づいたのは、その瞬間だった。

「…………えっ？」

きっと、悠人君と月乃ちゃんのことで頭がいっぱいで、目に映らなかったんだろう。

射的の景品になっている、色とりどりの羊毛フェルト。

その中の一つに、私の大好きなふわしばが、ちょこんと座っていた。

「……ふわしばだ」

慌てて、私はふわしばに照準を定めて悠人君と一緒に銃を撃つ。

けれど、コルクの弾は的を掠《かす》るのみだった。

「惜しいっ。もうちょっとでふわしばが獲《と》れるとこだったのにな」

「もしかして悠人君、ふわしばの景品があったからここに行こうって言ってくれたの？

私のために……？」

「ん……まあ、そうだな。せっかくの聖夜祭だし、日向にも楽しんで欲しくて」

頭の奥が、じん、と甘い痺《しび》れがした。

あの時と同じだ。遊園地で初めて出会ったあの日も、悠人君は私を笑顔にしたくて、ゲームコーナーでふわしばのぬいぐるみを取ろうとしてた。

だとしたら、悠人君はこの後ふわしばを――。

「じゃあ、次は俺の番だな」

悠人君が銃を構えて発射する。コルクの弾はふわしばに命中し、ころん、と倒れる。

「よしっ」

悠人君がガッツポーズをして、スタッフが拍手をする。悠人君はふわしばの羊毛フェルトを受け取ると、そのまま私に差し出した。

「はい、プレゼント。良かったら、受け取ってくれるか？」

「……私に？」

「日向、ふわしばが好きだから。その……喜んでくれたら、嬉しい」

そう、悠人君は照れたようにはにかんだ。

その瞬間思い出すのは、いつか遊園地で頑張ってふわしばのぬいぐるみを取ってくれた無邪気な男の子の笑顔で――やっぱり、悠人君って十数年経《た》っても変わってない。

今でもこうして、私のためにふわしばをプレゼントしてくれるんだから。

「ねえ、悠人君。ずっと昔、こんな風に小さな女の子にふわしばのぬいぐるみをあげたこと、覚えてる？」

「……日向には前にも話したけど、ユキちゃん、だよな。もちろん覚えてる。あの娘も今の日向みたいに、何だか寂しそうにしてたから」

きっと、私があの時のユキちゃんだって、悠人君は気づいてるんだろうな。

だけど、悠人君は言葉にしないでくれている。もし口にすれば、私と悠人君は家族でいられなくなってしまうから。

きっとそれが、悠人君の優しさなんだと思う。

「……ありがと、悠人君」

家族なのか、同級生なのか。どんな風に悠人君と一緒にいればいいのか分からなかったけど、確かに一つ言えることがある。

やっぱり私は、悠人君が好き。

私が初めて会った時から、悠人君は何も変わっていないから。

「良かった、日向が元気出したみたいで」

「そりゃ落ち込むよ。だって悠人君、月乃ちゃんに告白されるんだもん」

「……やっぱり、気にするよな」

今まで目を逸《そ》らしてた、月乃ちゃんが『聖夜の告白』に参加するって事実。言葉にすれば、意外なくらい胸がスッとした。

「私のことなら、気にしなくてもいいよ？　私は悠人君のお姉ちゃんだもん。誰と付き合

って も祝福しなきゃ、ね？」

「……だけど」

やっぱり、私のこと心配してくれてるんだろうな。

そうだよね。そういう男の子だもん、悠人君って。

「でもね、私から一つだけお願いがあるんだけど、いいかな？　……最後に、聖夜祭で悠人君と一緒に行きたい場所があるの」

「日向が……？　あ、ああ、もちろん。日向が行きたい場所なら、何処《どこ》でも」

良かった、と内心で胸を撫《な》でおろした。

だってその場所は、聖夜祭の準備をしてた時から悠人君と行きたいなってぼんやり思ってた場所だから。

私が悠人君を連れて行ったのは、手芸部の模擬店。

手芸部では部員の製作物を展示しているんだけど、聖夜祭がクリスマスの時期に行われるからか、この日のために防寒具を製作するのが伝統となっていた。

今年の聖夜祭では、その防寒具を身に着けて写真を撮ることが出来るみたい。

「そういえば、確かにそういう企画だったっけ。もしかして、日向が着けてみたい防寒具があったとか？　手袋とかストールとか、色々あるもんな」

模擬店で製作物を眺めていた悠人君に、私は笑みを浮かべた。

「手芸部の人が言ってたんだけど、今年はみんなでマフラーを作ったんだって。だから、それを悠人君と一緒に着けてみたいな、って」

「あー、なる、ほ……ど？」

悠人君は、それはもう深く首を傾げながら、

「聞き間違いかな。今、俺と一緒に着けてみたいって……？」

「その中にはね、ペア向けのマフラーもあるみたいなんだ。一つのマフラーを、二人で一緒に巻くの。それ、悠人君とやってみたいなって」

「……ええっ⁉」

悠人君はあたふたとしながら、

「で、でも、良くないんじゃないか？　ほら、異性同士で使うのは駄目みたいだし」

確かに注意書きには、悠人君の言う通りのことが書かれてある。私も会長だから知ってる、校内の異性交遊が活発化しないように風紀委員会で定めたルール。

確かに、この文言通りだと私たちも当てはまる……でも、実はそうじゃない。

「でも、私たちは大丈夫だよ。だって校外から来てくれた参加者のために、『家族以外の異性同士でのご利用はご遠慮ください』、って書いてあるから。だから、私と悠人君ならルール違反じゃないよね？」

「あ、本当だ……。いいのかな、俺たちこの高校の生徒なのに」

「いいのいいの。こういう時くらい、家族の特権を使わなくちゃ」

「……そうだな、日向は俺の姉さんだし。日向がそう言うなら、一緒に撮るか」

悠人君と選んだのは、かぎ針編みのニットのマフラー。精一杯頑張って作ったのが伝わる、素敵なマフラーだった。

撮影スペースに移ると、悠人君の首にマフラーをかけた。部員さんが私たちに気づいたみたいだけど、止めないところを見るとやっぱりセーフなんだろうな。

悠人君と一緒にマフラーを着けると、身体《からだ》が重なるくらいの至近距離。

「……あったかいな」

「うん、手編みって趣があるしね。マフラーを手作りするなんて凄いよね」

「それもだけど、なんていうか全身が暖かい。日向とこんなに密着するの、あんまりないし。日向のぬくもりをすごく感じる」

「……うん、そうだね。私も同じだよ？」

ずっと、家族になるべきじゃなかったのかな、って思ってた。

私が悠人君のお姉さんだから、絶対に恋人にはなれない。その運命を呪ったことすらある……だけど、今なら心から思える。

私は、悠人君の家族で良かった。

同級生としてじゃなくて家族として隣にいるって決めたから、こうして悠人君と特別な時間が過ごせるから。

自撮りをするように、スマホを私たちに向ける。

「じゃあ撮ろっか。悠人君、もっとこっちに寄ってくれるかな」

「こ、これ以上か⁉　もう十分日向と近いと思うんだけど……！」

「だって、もっとくっつかないと一緒に写らないよ？」

頰が重なりそうなくらいの至近距離で、シャッター音が鳴らされる。

画面には照れたように緊張した表情をする悠人君と、頰を染めながらも笑顔を浮かべる私がいた。

「そういえば、悠人君と一緒に写真に写るのって初めてかも。こんな特別な写真が撮れて良かった。……もしかしたら、これが最後かもしれないもんね」

「……最後？」

「もし悠人君と月乃ちゃんが恋人同士になったら、こんなこと出来ないと思うから。たとえ家族でも、恋人がいるのに悠人君と距離が近すぎたら月乃ちゃんに悪いもん」

「……そうだな。その時は俺も、多分月乃のこと考えると思う」

名残惜しさに耐えながら、私は悠人君から離れた。

多分、マフラーを着けてる間に着信があったのかな。悠人君はスマホを取り出すと、

「ごめん、そろそろ行かないと。『聖夜の告白』で告白を受ける人は校庭に待機して欲しいって、生徒会から。……もうすぐ始まるみたいだ」

「うん、分かった。でも、最後に訊きたいことがあるんだけど、いい？」

きっと、今の私の表情には、からかうような笑顔が浮かんでいたと思う。

「去年の聖夜祭の前日に、二人で一緒に特製アーチ作ったよね？　あの時から悠人君って、私に初恋をしてたの？」

「えっ——い、いやいやっ！　その質問はちょっと……！」

「初恋って言われるの、結構光栄なんだよ？　良かったら教えて欲しいな。もし月乃ちゃんと付き合ったら、こんな話出来ないかもしれないでしょ？」

「……ずるいな、それ言われたら俺だって答えるしかなくなるだろ」

悠人君は観念したように私を見つめると、

「もうとっくに、日向に惚《ほ》れてたよ。日向の前では必死に隠してたけどさ」

「……そっか。そうだったんだ」

まるで閃光《せんこう》のように、頭の中に遠い日の光景が蘇《よみがえ》る。

冬の日の夕方、誰にも内緒で悠人君と完成させた聖夜祭のアーチ。

「一人でアーチを作ってる日向を見かけた時はさ、いくら何でもお人好《ひとよ》しすぎるだろ、って思ってた。一人で作る義理なんてないのに、誰も知らないところで作ってて。でもさ、日向は笑いながら言うんだよ」

悠人君の顔に浮かぶのは、過去を懐かしむような笑顔。

「明日は聖夜祭だからみんなが笑顔で過ごせた方がいいでしょ、って。それがまた純粋な笑顔でさ……改めて思ったんだよな。俺が好きになった女の子は、自分以外の大勢のために本気になれるくらい優しい人なんだ、って。だから、あの時二人で一緒に特製アーチを

作ったことは、今でもはっきり覚えてる」

その一言一言に、全身が熱くなっていくのが分かる。

じゃあ——私も悠人君も、お互いに片思いをしてたんだ。

あの誰もいない倉庫で、私が悠人君と特別な存在になりたいって思ったみたいに、悠人君も私に初恋を抱いてくれていた。

でもね、悠人君。もしあなたが私を優しいって思ってくれたなら、それは悠人君のおかげなんだよ？

あの人みたいになりたい。その道標があったから、悠人君が初恋をしてくれた朝比奈日向がいるんだから。

「……ありがと、悠人君。もうそれだけで十分だよ？」

悠人君の顔を見れば泣いてしまいそうで、俯《うつむ》きながら言葉を伝える。

「それだけ悠人君に言ってもらえれば、悔いなんてないから。だから……月乃ちゃんの告白、ちゃんと受け止めてね？」

「……分かった」

そして、去って行く悠人君の後ろ姿を見送った。

月乃ちゃんが告白するって知ってから、ずっと悠人君に訊きたかったことがある。

悠人君は、『聖夜の告白』で月乃ちゃんと付き合うの？

……けど、何よりも知りたいその答えを、私は訊かなかった。

答えを知るべきなのは、きっと今ではないから。
私はある決意を秘めて、足を踏み出した。

五章　元同級生と／幼馴染《おさななじみ》と／俺と

聖夜祭が終わりに近づいていた。

季節が冬になれば日が暮れるのも早い。校舎の時計が四時半を回った現在、空は黄昏《たそがれ》色に染まりつつあった。太陽も月も上空にない、曖昧な空の色。

その空の下、屋上では『聖夜の告白』が始まろうとしていた。

『あー、テステス。ん、おっけー。……みなさーんっ！　聖夜祭、ノッてますかーっ！』

屋上からスピーカー越しに、槍原《やりはら》の弾んだ声が響き渡った。

その声に呼応するように、校庭にいる生徒から拍手や合いの手が上がる。

校庭にいるのはざっと一〇〇人くらい。友達が出るから楽しみにしている人、単純に『聖夜の告白』に興味がある人。その誰もが胸を躍らせたような顔をしていた。

きっとこの校庭には告白を受ける人もいて、俺と同じように緊張をしてるんだろう。

『うんうん、大いに楽しんでくれてるみたいですねえ。だって、最高の聖夜祭でしたもんね。……そして今、聖夜祭がクライマックスを迎えるわけですよ』

校庭にいる生徒を煽《あお》るように、槍原が声を張り上げる。

『これより、聖夜祭一大イベント『聖夜の告白』が始まりますっ！　尊敬してる先輩、可《か》愛《わい》い後輩、ずっと一緒にいる友達、ちょっと気になる異性――そんな大切な人たちに今まで言えなかった想《おも》いを、これから登場する生徒さんたちがぶつけますっ！　さあ、思いっきりアオハルを叫べーっ！』

槍原の口上に、校庭にいる生徒たちから歓声や笑い声が起こった。

本当に、『聖夜の告白』は始まるんだ。

『さてさて、まず初めに告白をするのはこの方……ウチこと、一年F組の槍原ですっ！』

「……えっ？」

槍原がそう叫んだ瞬間、校庭にいた生徒たちがざわめいた。中には、友達らしき女子生徒たちが「やりりん頑張れーっ！」と声援を送っている。

その中で俺は、ぽかんと立ち尽くしていた。

知らなかった、槍原も『聖夜の告白』に参加するのか……。でも、告白って何を？　いや、そもそも告白する相手って――。

『そして、ウチが告白したい人は生徒会の先輩――二年B組の悠人《ゆうと》パイセンですっ！』

…………………………。

うん、ちょっと待って欲しい。

槍原の告白相手が俺って、初めて聞いたんですけど……！

『じゃあ、悠人パイセン！　ウチの想いを受け止めてくださいっ！』

いつの間にか、生徒会の生徒が俺の傍《そば》まで来てマイクを差し出していた。このマイクを通じて槍原と受け答えをしなければいけない。

おい、おいおいおいおい……！

そんなこと言われても、俺は何も聞いてないぞ！

『……あー、えっと。槍原？　告白したい相手が俺って初耳なんだけどさ、まずはこの状況教えてくれないと槍原の想いを受け止められる自信がないんだけど』

『実は、悠人パイセンにはウチが告白するってことは秘密にしてました！　悠人パイセンはこの後別の生徒さんにも呼ばれますし？　サプライズの方が驚いてくれるかなーって』

『そうだな、おかげで頭が真っ白になるくらい驚いてるな。俺、先輩として槍原のことそんな風に教育した覚えないんだけどなあ』

しかも、わざわざ『聖夜の告白』で俺に告白したいことってなんだ？

まさかとは思うけど、槍原まで月乃《つきの》と同じみたいに俺に……⁉

『今までちゃんと言えなかったけど、勇気を出して伝えます』

いつも俺のことを弄《いじ》って遊んでる後輩とは思えないほど、真剣な槍原の表情。

そして、槍原は俺に向かって、深くお辞儀をした。

『悠人先輩――ウチのこと後輩として可愛がってくれて、ありがとうございますっ！』

「……えっ？」

ぽかんとした俺に、槍原は居心地悪そうに頬を染める。

こんなに照れてる槍原、初めてだった。

『ウチ、こんな見た目だから。生徒会に入ってもどうせ内申点稼ぎだろ、とか言われてて。それなのに、悠人先輩は付きっきりで教えてくれました。覚えた方が良《い》い効率的な方法から、他人に迷惑がかかるやっちゃいけないことまで、一から全部。褒めてくれたり、怒ってくれたり、慰めてくれたり……悠人先輩がいるから、ウチでも生徒会にいてもいいのかなって、思えました！』

『……それを俺に言うために、わざわざこの場で？』

『だって、ウチはいつも先輩の前だとふざけちゃいますから。こういう時じゃないと、感謝してるって言っても信じてくれないかなって』

屋上から、槍原が俺のことを真《ま》っ直《す》ぐに見つめる。

『ウチは悠人先輩のこと、誰よりも尊敬してます。最高の先輩だって思ってます。だから――これからも、先輩としてウチと一緒にいてくださいっ！』

「……はは」

思わず、頬が緩んでしまう。

何を言われるのだろう、と身構えていたのに。槍原が言葉にしたのは、これ以上ないくらい素直な感謝の言葉。

ああ、まったく。俺にはもったいないくらいの後輩だよ、槍原は。

『もちろんだ！　俺も、槍原といると毎日楽しいからな。槍原が頑張ってることは俺もよく知ってるから、こちらこそこれからもよろしくな』

『先輩……。はいっ、ありがとうございます！　早速ですけど、ウチだけ恥ずかしい思いをして告白するのも割に合わないので、パイセンも何か秘密叫んでもらえません？』

『なんで俺まで⁉ 槍原が自分から参加しただけだろ！ いやまあ嬉《うれ》しかったけど！』

『あはは、喜んでくれるなんて良い先輩だなぁ。ありがたく思ってくださいね？ こんなガチな告白、この先もう二度とないかもですよ？』

にしし、と槍原が笑みを零《こぼ》す。

その表情は、いつも俺をからかう時とそっくりな、無邪気な笑顔だった。

……やがて、槍原をトップバッターに『聖夜の告白』は進んでいく。

このまま第一志望を目指します、と恩師に宣言する受験生の上級生がいた。

絶対にレギュラーの座を取り戻す、と同じ仲間に宣言するバスケ部の生徒もいた。

そして、僕と付き合ってください、と同級生に告白をする男子生徒もいた。

「あー、噂《うわさ》にはなってたけどやっぱあの二人付き合ってたんだな。……そういえば知ってるか？ 参加者リストには書いてないんだけど、うちのクラスの『月の天使』が告白するらしいぞ」

ふと、近くにいた二人組の男子の会話が耳に入った。

「はっ⁉ 嘘《うそ》だろ、あの月乃が？ でも月乃ってそういうキャラじゃなくね」

「俺もそう思ってたんだけど、生徒会の友達が言ってたんだよ。本人が直々に、『聖夜の告白』に参加するって。まあ実際のとこただの噂だし、実際はどうか知らんけど」

「うわ、マジか。恋愛とか興味なさそうだったのにな、月乃って」

ふう、と深く息を吐く。

大丈夫、落ち着け。決断ならもう済ませたじゃないか。

月乃からの告白に対する返答なら、もう決めている。

あとは、俺の想いを月乃に伝えるだけだ。

『さて、参加者の皆さんには頑張って告白して頂きました！　ウチもさっき叫んだからよく分かるんですけど緊張するんですよねえ、これ。けど、これがラストになりますよ？』

ショータイムを告げるかのように、槍原が大きく手を振った。

『最後はこの方、我らが生徒会の天使——小夜《さよ》月乃さんですっ！』

来た。

槍原の口上に、一部の生徒たちがどよめいた。あの月乃が参加するの？　という戸惑い。あるいは、噂って本当だったんだ、という驚き。

何人もの生徒たちがざわつくなか、灯《あか》りの点《つ》いた照明に照らされ、一人の少女が屋上に姿を現した。群青色に染まった空と同じくらい綺麗《きれい》な髪、風に微《かす》かに揺れるスカート。

少女は——月乃は、槍原から受け取ったマイクで静かに語り出した。

『二年Ｄ組、小夜月乃です。大切なことを告白したくて、ここに来ました』

鈴のような綺麗な月乃の声音が響き渡る。

『わたしには、好きな人がいます——わたしのたった一人の、同い年の幼馴染です』

生徒たちのざわめきが、更に大きくなった。

まるで、昨日の生徒会室で月乃が『聖夜の告白』に参加すると告げた時の再現だ。月乃を知るみんなが、月乃の衝撃的な告白に動揺を隠せない。

『その人は小さな頃から、わたしの傍にいてくれました。はぐれそうになったら、危ないよ、と言って手を引いてくれたり。料理を作って怪我《けが》をした時は、わたしが泣き止《なや》むまで慰めてくれたり。まるで、家族みたいな存在でした。……でも少しずつ大人になって、幼馴染としてじゃなくて一人の少女として一緒にいたい、って願ってる自分がいることに気づいたんです』

独白《モノローグ》のように言葉を紡ぐその姿は、まるで自分自身に語り掛けているよう。

『しかし、わたしはその気持ちを彼に言えませんでした。もし、幼馴染としか思えない、なんて言われたら？　今の関係が壊れてしまうのが怖くて、わたしの本当の気持ちに気づかないフリをして、幼馴染として一緒にいました。でも――わたしはやっぱり、あなたの特別な存在になりたい』

気がつけば騒々しかった生徒たちは静まり、誰もが月乃の告白に聞き入っていた。

静寂のなか、決意を固めたように月乃が口にする。

『だから、勇気を出して告白します。わたしが好きな人は――』

そのわずかな沈黙が、俺には永遠のようにすら感じられた。

校庭にいる全ての生徒が、月乃の継ぐ言葉を固唾《の》を呑んで見守っている。月乃が告白する幼馴染とは誰なのか。ずっと無言のまま待ち続け……やがて、少しずつざわめきが起こ

り始める。

いつまで経《た》っても、月乃の告白が始まらないから。

やがて、ぶつ、とマイクがオンになる音と共に聞こえてきたのは、月乃ではなく槍原の焦ったような声だった。

『え、えーっと、月乃先輩の告白の途中ですが、少し待ってもらえますか⁉ ちょっと、トラブルが発生しましたので、あの、そのままでお願いします！』

槍原の説明に、校庭にいた全ての生徒が動揺の声をあげた。見れば、屋上に見えた月乃の姿はそこになく、あたふたとする槍原がいるばかり。

ただ、予感がした。

過去の聖夜祭でも無かったほどの大きな波乱が起こる、そんな予感が。

きっと、『聖夜の告白』はまだ終わらない。

◇

夜を迎え始めた屋上は、まるで別世界みたいだった。

屋上を照らすのはわずかな照明と淡い月明かりしかなくて、あれだけ賑《にぎ》やかだった聖夜祭が夢に思えるくらい物寂しい。開放的な場所だから、冷たい風に晒《さら》されたままだ。

けれど今は、胸の奥に火が灯《とも》ったみたいに、身体《からだ》が熱かった。

そんな私を、屋上にいた月乃ちゃんと槍原さんが、ぽかんと見つめていた。

「ひ、日向《ひなた》会長……？　急にどうしたんですか？　『聖夜の告白』ならもう始まっちゃってますよ？」

「ごめんね、本番の途中なのに邪魔しちゃって。でも、今じゃなきゃ絶対に駄目なんだ。少しだけ、月乃ちゃんとお話しさせてもらえないかな？」

「い、今ですか⁉　そんなの無理に決まってるじゃないですか！　月乃先輩、今から悠人パイセンに好きだって――」

「……うん、いいよ。槍原さん、ちょっとだけ待っててもらえるかな？」

「ふえ⁉　つ、月乃先輩まで！　待つって言われてもどうすれば……あー、もうっ！　ウチが何とかするしかないっしょ！」

自棄《やけ》になったように、槍原さんがマイクで生徒のみんなに呼びかける。月乃先輩の告白の途中ですが、少し待ってもらえますか。ちょっと、トラブルが――。

「槍原さんに無理させちゃったね。会長と副会長として反省しなくちゃ、だね」

月乃ちゃんと顔を見合わせて、私たちは苦笑いをする。

やがて、月乃ちゃんは私に対して、優しい微笑《ほほえ》みを浮かべた。

「来てくれる、って信じてたよ？」

「私が『聖夜の告白』に来るって分かってたの？」

「確信はなかったかな。もしかしたら、このまま日向さんがわたしの告白を見てるだけ、って可能性も十分にあった。だけど、来てくれたら良いなって思ってた。わたしが尊敬してる日向さんなら、きっとそうするから」

月光の下で、天使は微笑む。

「わたしと日向さんが前に進むためにはお互い、とても大きな決意が必要だったから。だからわたしは『聖夜の告白』に参加して、日向さんはここに来た。そうだよね？」

「……そうだね。月乃ちゃんが悠人君に告白しなかったら、きっと私は決心なんてしなかったもん。意外と無茶なことするんだね、月乃ちゃんって」

このまま月乃ちゃんが悠人君に告白して恋人同士になれば私が傷つくことなんて、月乃ちゃんだって理解してたはず。そして、このまま私が何もしなければ、その最悪の想像は現実になってたと思う。

だから、私が全てを変えるため行動を起こすことに、月乃ちゃんは賭けたんだ。

『聖夜の告白』に参加すると宣言した、あの日。立ち尽くすことしか出来なかった私を見つめる月乃ちゃんの瞳は、まるで私にこう問い掛けてるみたいだった。

わたしは覚悟を決めたよ。日向さん、あなたはどうするの——と。

「ねえ、月乃ちゃん。私ね、あなたにずっと言いたいことがあったの」

「……うん、いいよ。日向さんの言葉、聴かせて？」

「私、月乃ちゃんのことが羨ましかった。悠人君の幼馴染の、あなたが」

ふわりと、夜風に月乃ちゃんの髪が揺れた。

「だって、月乃ちゃんはこの世界で悠人君と誰よりも一緒にいる、血が繋《つな》がってない女の子だから。好きな人に振り向いて欲しくていっぱい努力をして、悠人君が照れるくらい堂々と好きだって伝えてて。本当は、私も月乃ちゃんみたいになりたかった」

それは今まで必死で堰《せ》き止《と》めていた、嫉妬にも似た感情。

けれど、月乃ちゃんの静かな笑顔には罅《ひび》すら入らない。

「そっか。ちょっとだけ、そんな気がしてた。……でも、偶然だね」

「偶然？」

「わたしも、日向さんのことが羨ましかったから。だって日向さんは、悠人の初恋の人だもん」

紺碧《こんぺき》の海のような澄んだ瞳で、月乃ちゃんが私を見つめた。

「わたしは小さな頃から一緒にいても、悠人に家族みたいな存在としか思われてなかった。けど日向さんは、あっという間に悠人の心を奪っちゃった。日向さんは悠人の憧れみたいな女の子で、悠人の世界は日向さんでいっぱいになった。わたしもね、日向さんみたいに悠人に初恋されるような女の子になりたかったんだよ？」

「……そうなんだ」

「わたしのこと、見損なった？」

「まさか。そうなんじゃないかな、って少しだけ思ってたもん。似た者同士だね、私たち」

「うん、そうかも。……良かった。わたしと日向さんって正反対だって思ってたけど、そっくりなところがあって安心した」

月乃ちゃんと一緒に、くす、と笑い声を零した。

「最後に月乃ちゃんとゆっくり話せて良かった。私がここに来た理由、月乃ちゃんならもう分かるよね？」

静かに、月乃ちゃんが首肯する。

私は、マイクで校庭にいる生徒に語り掛けている槍原さんの肩を、ぽんと叩《たた》いた。

「ごめん、待たせちゃったね。あと、もう一つだけお願いしたいことがあるんだけど、いいかな？」

「いいですけど……あんまり無茶なこと言わないでくださいね？　今だってウチ、声が掠《かす》れそうなくらいずっと一人喋《しゃべ》りしてたんですから」

「心配しないで、槍原さんに迷惑はかけないよ？　ここからは、私の戦いだから。……今から私も、『聖夜の告白』に参加させて欲しいの」

信じられない言葉を聞いたかのように、槍原さんが呆然《ぼうぜん》とした。

「日向会長が……？　い、いいんですかそんなこと？　日向会長が告白したい相手とか、校庭にいるかも分かんないのに」

「それなら大丈夫。あの人なら、絶対に待っていてくれてるから」

槍原さんが、不安そうな表情で月乃ちゃんに視線を送る。月乃ちゃんはそんな彼女の背中を押すように、小さく頷《うなず》く。

槍原さんは思い詰めるように俯《うつむ》いて……やがて、ぱっと明るい笑みを浮かべた。

「分かりました、日向会長にお任せします！　会長が指示をして間違ってたことなんて、今まで一度も無かったですもん！　……それに、これに参加するってとても勇気がいることですから。きっと、すごい決断をしたんですよね」

「……ありがとう、槍原さん」

槍原さんからマイクを受け取り、校庭を見下ろすように屋上に立つ。

一人、また一人と私に気づいた生徒が屋上に向けて指をさしている。当然だ、本来なら月乃ちゃんが告白するべきなんだから。

だけど、それでも。伝えなきゃいけないことがある。

今まで、悠人君の家族だからこそ言えなかった言葉。

今ここで言わなければ、絶対に後悔する言葉。

校庭にたくさんの生徒がいるなか、悠人君は真剣な表情で私のことを見つめていた。もしかしたら、あの人は全てを知っていて私を見守ってくれてるのかもしれない。

一度だけ小さく深呼吸をして、マイクに向かい言葉を口にする。

――届け、私の想い。

◆

告白が中断されて騒がしくなった校庭は、日向の登場によって更に混乱に陥っていた。

「なあ、あれ生徒会長じゃないか？　どうしてあんなとこに……？」

生徒全員が、校庭を見下ろす日向に戸惑っている。この高校の生徒で日向を知らない人なんていない。どうしてここに生徒会長が、と誰もが疑問に思っていたはずだ。

『――二年A組、朝比奈《あさひな》日向です』

少女らしい澄んだ日向の声色は、息を呑むくらい真剣味を帯びていた。

『月乃さんの告白がまだ終わっていませんが、その前に、私から告白したいことがあります――私にも、好きな人がいます』

たったその一言で、校庭にいた全生徒がざわついた。

生徒会長にして『向日葵《ひまわり》の女神』の日向に好きな人がいる。その事実に誰もが驚きの声をあげていた。

その騒ぎのなかで俺は、全身が熱くなりながら、屋上にいる少女を見つめている。

日向、来てくれたんだな。

なら、俺も相応の覚悟で彼女の言葉を受け止めなければ。日向だって、大きな決断をしてそこに立っているのだから。

『その人とは小さな頃にたった一度出会っただけで、それからずっと離れ離れで暮らしていました。でも、私は彼のことを忘れたことは一度だってありません。だってその人は、私にとって生まれて初めて憧れた人ですから』

人々のざわめきが収まらないなか、日向の静かで真剣な声が校庭に響く。

『その頃の私は、他人に嫌われることに怯《おび》えてる臆病な女の子でした。……だけどその人は、他人と向き合うことから逃げてた私に優しくしてくれました。何度も何度も、私を笑顔にしようとしてくれました。たった一度、初めて出会っただけの関係なのに。その時に私は初めて思ったんです。私もこんな人みたいになりたい、って』

大切な思い出を語るかのような、優しさに満ちた日向の口調。次第に、一人、また一人と生徒が日向の声に耳を傾け始めた。

それは、俺も変わらない。日向の言葉を一つも聞き逃したくない。

『私も変わりたい。あの人みたいに誰かを照らす太陽みたいな存在になりたい。そう願えたから今の私があります。そして、この高校に入学して奇跡的にその人と再会した時に気づきました。私が小さな頃から彼に抱いていた感情は、恋と呼ぶべきものだったんだって。……だけど、その気持ちを彼に伝えることを、私は諦めていました』

まるで自分の感情が制御不能になるように、少しずつ日向の声が震えていく。

『何故《なぜ》なら、私は知ってしまったから。その人は私にとって、世界でたった一人の特別な存在だって。だから、彼に対する気持ちはずっと隠していました。同級生として日々を過ごして、あの頃とちっとも変わらない笑顔を向けられて胸が高鳴っても、私は見ないフリをしていました。きっと、それが幸せだって信じていたからです。だけど……だけど、私は――』

やがて、日向の声は掠れて消える。

突如俯いて沈黙してしまった日向に、生徒たちがざわめき始めた。何かあったのかと、日向を心配する声が耳に入る。

そして、日向は顔を上げて——その瞬間、俺は確かに見た。

遠くから俺を見つめる、あふれ出る想いを胸に秘めた日向の表情。

日向がマイクを投げ捨てる。まるで屋上から俺に会いに来るような速度でフェンスから身を乗り出し、深く息を吸った。

夜空の下、少女が叫ぶ。


「それでも私は、悠人君のことが好き——————っ！！」


ありったけの想いを込めて叫んだ日向の声は、はっきりと俺に届いた。

その場にいた誰もが衝撃的な告白に呆然とするなかで、日向は止められない感情に身を委ねるように俺に言葉をぶつける。

「今までずっと言えなかったけど、出会った時からあなたが好きでしたっ！　家族として傍にいようって決めたのに、悠人君と暮らしているとやっぱりどきどきしちゃって、あなたへの気持ちを忘れるなんて出来ませんでした！　私は悠人君のお姉ちゃんかもしれないけど、あなたは私の初恋の人だから！　家族でも同級生でもなく、恋人として悠人君と一緒にいたいっ！」

　空に響き渡る日向の告白に、生徒たちがざわめき始める。

「ゆ、悠人ってあれだよな、最近家族だって判明した同学年の。日向がそいつを好きって
……ええっー⁉」

「じゃあ、日向さんってたまたま弟君を好きになっちゃったんだ……。でも、恋人になりたいなんていいのかな……？」

　困惑の声があった、悲観の声があった、同情の声があった。

　それでも、日向の告白に血が燃えるように身体が熱くなる自分がいる。

　日向がどんな気持ちで今までその想いを隠していたのか、俺には分かる気がする。

　俺も、家族である日向のことが一人の少女として好きなんだから。

　校庭が混乱を極めるなかで、日向の隣に月乃が並び——きっと、ここにいる生徒で気づいたのは俺だけだと思う。

　まるで、告白を果たした少女を祝福するように、月乃が日向に微笑んだ。

　けれどそれも一瞬、月乃は真剣な表情を浮かべて、屋上から俺のことを見つめる。

　叫ぶ。

「わたしも——ずっと前から、幼馴染だった悠人のことが好きっ！」

　それは、『月の天使』らしからぬ、精一杯の告白。

　こんな必死に叫んでる月乃なんて、俺でさえ初めて見る姿だった。

「悠人は、わたしのこと幼馴染としか思えなかったかもしれないけど、ずっと悠人のことが好きだった！　だけど悠人には好きな人がいて、振り向いてもらえないって分かってたから、ずっと幼馴染でいいって自分に言い聞かせてた！　だけど、もう自分に嘘をつくなんて嫌だから――悠人と、幼馴染以上の存在になりたいっ！」

月乃の告白は、生徒たちを更に混乱させるに十分だった。

「つ、月乃まで⁉　日向と同時に告白とか、こんなことあるのか……？」

校庭が揺れていると錯覚しそうなほど、生徒たちはざわめいている。

だけど、それでも。少女たちの懸命な告白は誰にも止められない。

「もしかしたら、私の告白は悠人君を困らせてしまうかもしれない！　だけど、もしこのまま悠人君が誰かと結ばれたら、きっといつまでも後悔するから！　だから、私と――」

「悠人にわたし以外に好きな女の子がいるのは分かってる！　だけど、悠人が好きだって気持ちをもう隠したくない！　悠人にとって特別な人になりたいから、わたしと――」

「「――付き合ってくださいっ！」」

二人の少女の告白が、重なるように夜空に響き渡る。

果たして、日向と月乃の言葉がどれだけ人々に響いたのだろう。ざわざわしていた生徒たちは、今や固唾を呑んで見守っている。

だとすれば、俺がするべきことは一つだけだ。

人込みの中で足を踏み出すと、俺に気づいた生徒たちが慌てたように道を譲る。俺のことを知っているのか、中には噂をする人もいた。

人の波を抜け出し、俺も日向や月乃と同じように声を張り上げた。

「ありがとう、二人の気持ちは嬉しいです。……でも、ごめんなさい！　俺は、あなたとは付き合えませんっ！」

その返答に校庭がどよめく。日向と月乃は、真剣な表情を浮かべたまま何も言わない。

あなた、とは誰のことなのか。その先の言葉を、二人の少女は待っているから。

だから、俺ははっきりと告げた。

胸が張り裂けるような思いで、しかし確固たる決意をもって。俺が辿り着いた答えを。

「ごめん、日向——俺は、君と付き合うことは出来ない」

しん、と静寂が訪れていた。

生徒たちのざわめきも、二人の少女の声も、今は何も聴こえない。聖夜祭の終わりを思わせる、静かな夜がそこにある。

『お二人から、お伝えしたいことがあるみたいです』

スピーカーから流れる、槍原の声。

『もっと悠人パイセンの言葉を聞きたいから屋上まで来て欲しい、とのことです』

「……分かった」

『え、えっと、ではこれで『聖夜の告白』を終了します！　参加者の皆様、青い魂の叫びをありがとうございましたーっ！』

終了の宣言と共に周りが騒がしくなり、俺は校庭を抜け出して校舎に入る。

屋上に繋がる扉の前には、どこか心配したような顔をする槍原がいた。

「校庭にいる生徒の皆さん、大騒ぎですよ？　気持ちは分かりますけどね、『向日葵の女神』の告白を断ったんですから」

「……悪いな、槍原には色々と迷惑をかけて」

「いーですよ、これくらい。尊敬する先輩たちのためですもん。……でも、月乃先輩だけじゃなくて日向会長まで告白なんてなぁ。やっぱり、あの二人には敵《かな》わないです」

小さく笑い、槍原は階段を下りていく。

一人残された俺は深呼吸をするが、速くなる鼓動はちっとも落ち着かない。

この扉の先に、日向と月乃がいる。

緊張だってしてるし、不安だって無いといえば嘘になる。だけど、迷いはない。

これが俺の選択だって、胸を張って言えるから。

扉を開けると、冷たい夜風が俺の頬を撫《な》でた。

そこにいたのは、フェンスに寄り添って街の灯りを眺める、日向と月乃。二人の少女が、まるで待ちかねたように俺に振り返る。

日向は、穏やかな笑顔を浮かべて俺に語り掛けた。

「悠人君。……初めての告白だったのにな。フラれちゃったね」

「……ごめん。日向の気持ちなら、気づいてたんだ。だって日向は、小さな頃に遊園地で出会ったユキちゃんなんだろ？」

「……もう隠す理由なんてないよね、私の初恋なら、さっき悠人君に告白しちゃったもん」

一歩ずつ、ゆっくりと。日向が俺に歩み寄る。

「私は悠人君と出会えたから、変わりたいって初めて思ったの。悠人君はこの世界で誰よりも特別な人だから……初恋、だったんだよ？」

「……ありがとう。日向にそう言ってもらえるの、すごく光栄だし嬉しい」

「でも、残念だなあ。悠人君のこと、本気で好きだったのに。……でもいいの、私よりも好きな人がいる、ってことだもんね」

「それは違う。日向と月乃のどっちが好きか、なんて理由で日向を拒んだわけじゃない
──俺は、日向も月乃も、同じくらい好きなんだ」

「……えっ？」

日向も、そして月乃も、驚いたように俺を見つめる。

「悠人君。今、なんて……？」

「俺は、日向も月乃も好きだ。どちらかなんて選べないくらい、二人に夢中なんだよ」

それは、紛れもない俺の本心だった。

今の俺には、日向と月乃のどちらの方が好きだから付き合う、なんて決め方は出来ない。

きっと、日向と月乃のどちらかと恋人になれば、付き合うことの出来なかったどちらかを想って後悔するのは分かっているから。日向と月乃、どちらかを傷つけて添い遂げる未来なんて、俺はいらない。

だから、何度だって言ってやる。

俺は日向も月乃も、恋人になりたいって本気で願ってるくらい、好きなんだ。

「だから、俺が日向と付き合わないのは、日向より好きな人がいるからじゃない」

言葉を失っている日向を、見つめ返す。

「日向は、俺の大切な家族だから。……俺は、日向と付き合うことは出来ない」

それが、俺の答えだった。

同級生でもなく恋人でもなく、日向とは家族として共に生きたい。

「日向は俺の初恋の人で、今でもその想いを忘れることは出来ないけど。それでも、日向は俺にとって大切な人だから、今までみたいに一緒に日々を過ごしていきたい。そのためには、日向と恋人になることは出来ないんだ」

倉庫で日向に押し倒されてしまった、あの日。俺は、日向のことを家族以外として見ていることに激しい自己嫌悪をした。お前はまだ恋愛感情を引きずっているのかって。……でも、そうじゃなかった。

初恋の人であることも、家族であることも。俺にとっては、切り捨てられない大切なことなんだ。

「だから、ごめんなさい。俺は、日向とは付き合えません——だけど」

覚悟と共に、俺は日向に告白をする。

「恋人としてじゃなくて、これからもずっと、家族として傍にいてください」

「————」

日向は何も言わない。夢現《ゆめうつつ》の中にいるように、立ち尽くすだけ。

もしかしたらそれは、日向の望む答えではなかったのかもしれない。だけど、日向だって今まで言えなかった想いをぶつけたんだ。

俺だって、もう日向の気持ちからは逃げない。

やがて、日向はささやかな笑みを浮かべながら、ぽつりと呟《つぶや》いた。

「そっか、私よりも月乃ちゃんのことが好きになったわけじゃないんだ。……悠人君は今でも、私のこと好きでいてくれてるんだ」

日向は優しい笑みを俺に向けていて……その頬に、月の光に照らされた雫《しずく》が伝う。

日向の表情から笑顔が消えて、ぽろぽろと涙を零していた。

「良かった——家族のままでも、悠人君のこと、好きでいていいんだよね……？」

「……日向」

「告白を断られた時、悔しくて悲しくて、心が張り裂けそうで。叫びたいくらいだったけど、悠人君が好きだって言ってくれたから……想いを伝えて、ほんとに良かった」

まるで子どものように、日向は泣きじゃくる。

恋人になることが出来ない悲しみと、家族になれる喜びと。それは俺が日向に抱いてる感情と全く同じで、だからこその涙の理由が俺には痛いほど理解出来てしまう。

だから、だろう。俺は日向を抱き寄せて、そっと頭を撫でていた。

慰めたかったからか、祝福したかったからか。きっとその両方だ。

俺は日向の恋人じゃないけど、これくらい構わないよな？

日向は俺の初恋の人で——いつまでも一緒にいたい家族、なんだから。

どれだけそうしていただろう。日向の泣き声が小さくなり、俺は彼女から離れる。

「そういえば、さ。……月乃。俺はまだ、月乃の告白には返事をしてなかったよな」

いつもの透明な表情をする月乃を、真っ直ぐに見つめた。

「改めて言うよ。月乃、俺はお前と——」

「待って。……悠人は、本当にそれでいいの？」

俺の言葉を遮った月乃は、どこか悲しそうに見えた。

「悠人と日向さんは両想いなんだよね？　なのに、血が繋がってるなんて理由で恋人になれなくてもいいの？　そんなの……二人が、可哀想《かわいそう》だよ」

「……やっぱり優しいよな。本気で俺らのこと、心配してくれるんだから」

つい頬を緩ませながら、俺は月乃にゆっくりと歩み寄った。

「けどさ、日向は俺のたった一人の姉さんだから。それってきっと、恋人と同じくらい大切な存在だって思うんだ」

「……なら、悠人は日向さんの彼氏になれなくても後悔しないの？」

「多分、しないと思う。月乃が俺の彼女になってくれるなら、だけど」

「えっ――」

月乃が驚いたように息を呑み、やがて、その頬が薄く染まっていく。

「……ずるいよ。いきなり、そんな恥ずかしいこと真顔で言うなんて。そういうの、いつもは全然言わないのに」

「そうだな。好きだって最後に言ったのも、俺から月乃に告白した時以来だもんな。でもさ、俺の月乃に対する感情は、あの時とは全然変わったって思ってるんだ」

俺は今まで、月乃のことを、『幼馴染』としてじゃなくて、『一人の少女』として向き合えているか、自分でも分からなかった。それくらい、月乃と幼馴染として過ごした日々はあまりに長すぎた。

だけど、今は違う。

幼馴染として一緒にいたら見落としていた月乃のことを、たくさん知ったから。

たとえば、猫カフェに行った時、月乃が好きな人のために尽くせることを知った。

たとえば、アルバムを見た時、月乃がずっと昔から片思いをしていたことを知った。

たとえば、日向を選んでも良いと言われた時、月乃が自分自身が傷ついても好きな人に優しくなれることを知った。

それは、幼馴染として隣にいた俺が今までずっと見落としてきたもので——そんな月乃を愛おしいと心から思う。

「俺は月乃のことが、日向と同じくらい好きだ。日向と恋人になりたいって思うように、俺は月乃とも恋人になりたいと思ってる。それが、今の俺の偽りのない本心だ」

「……日向さんと、同じくらい」

「だから、月乃が告白してくれたその答えを、今ここで改めて言わせて欲しい」

誠意を込めて、月乃に口にする。

幼馴染のままなら、絶対に口に出来なかった言葉。

「俺も月乃のことが好きだ——俺と、付き合ってくださいっ」

「————」

その言葉に、月乃は果たして何を思うのか。上空に浮かぶ煌々《こうこう》と冴《さ》え渡《わた》る月を眺めて
……そして。

ふわりと天使が舞うように、俺を抱きしめた。

「月乃……？」

「やっと——やっと、片思いじゃなくなったんだよね？」

その表情に、思わず息を呑んだ。

月乃が——泣いていた。俺に告白を断られた時も、日向のために幼馴染でいようと言った時も涙を見せなかった、あの月乃が。

「悠人に好きだって言ってもらえるの、ずっと昔から憧れてたんだよ？　悠人と結ばれる未来を夢に見てて、やっとそれが叶《かな》った……こんなに嬉しいの、初めて」

その月乃の涙交じりの声は、耳よりもむしろ胸に響くよう。

「悠人が日向さんのこと、誰より好きなのは分かってるから。日向さんと同じくらい好きだって言ってくれるなら、こんなに光栄なことないよ？　……やっと、悠人が振り向いてくれたから」

「……ごめんな、月乃。今までずっと好きでいてくれて、ありがとう」

震える小さな肩を抱き寄せる。その月乃のぬくもりに、頭の中に甘い痺《しび》れが走る。

幼馴染が恋人になった瞬間って、こんな風なんだ。

頭の片隅で、そう感動している自分がいる。

「おめでとう、月乃ちゃん。やっと、想いが叶ったんだね」

その声に月乃が振り向く。月乃の視線の先には、日向が笑いかけていた。

「わたしと悠人のこと、祝福してくれるの？　日向さんは、きっと悲しいはずなのに」

「……うん。悠人君の恋人になれなかったのは、残念かな。こればっかりは、自分に嘘なんてつけないよ」

それでも、日向の女神のような優しい笑顔は崩れない。

「でもね、月乃ちゃんが悠人君の彼女になって良かった、っていうのも本当の気持ち。月乃ちゃんがずっと悠人君に片思いしてるの、知ってたもん。他の女の子が彼女ならもっと傷ついてたと思うけど、月乃ちゃんが恋人だから、胸の奥があったかいんだ」

「……日向さん」

月乃の顔に浮かぶのは、微かな笑み。

「その気持ち、少しだけ分かる気がする。もしわたしが悠人にフラれても、相手が日向さんならおめでとうって心から言えたと思うから。日向さんがどんな思いで初恋を忘れようとしてたか、知ってるから」

「そう言ってくれる、って思ってたよ？　私と月乃ちゃん、似た者同士だもんね」

二人の少女は顔を見合わせて、くす、と笑みを零す。

「それにね、私は世界でたった一人の悠人君のお姉さんだから。悠人君を好きなまま家族でいられるなら、私は幸せだよ？　……だって、悠人君も私のこと、好きだもんね？」

「……ああ、そうだな」

全身から緊張が抜けたから、だろうか。さっきまであんなに好きなんて言ってたのに、改めて訊《き》かれるとつい照れてしまう。

「ねっ、悠人君に一つだけお願いしても良い？　もう一度、私のことが好きだって悠人君に告白して欲しいな」

「えっ、いやでも、その言葉は何度も言ってるような……」

「私のことが月乃ちゃんと同じくらい好き、って気持ちは伝わったよ？　でも、ちゃんと告白をされたわけじゃないから。悠人君の言葉を胸に刻みたい……ダメかな？」

……恥ずかしい、なんて今さら口に出来ないよな。

日向と家族として暮らすことを決めた、あの日。俺は日向に好きだってことを伝えたけど、まさか二度目の告白をすることになるなんて。

「――日向」

俺は『向日葵の女神』である少女に、想いを告げる。

「ずっと前から日向のことが好きで、家族になった今でも、やっぱり初恋は忘れられません――今でも君のことが、大好きです」

「……えへへ、ありがと。私もだよ？」

幸せそうに日向が微笑む。と、俺の服の袖を、くい、と月乃が引っ張る。

何かを待ち望むように、月乃が俺を上目遣いで見つめていた。

そうだよな。日向にも言ったんだから、月乃にも告白しないと公平じゃないよな。

月乃の気持ちくらい、言葉を交わさなくても分かる。今は恋人同士でも、月乃は俺の幼馴染なんだから。

「――月乃」

俺は『月の天使』である少女に、想いを告げる。

「小さな頃から一緒にいて、月乃が隣にいるのが俺にとっての当然だった。だけど、これからは恋人として、俺と生きてください――今では君のことが、大好きです」

「……うん。これからは、彼女としてよろしくお願いします」

そして、月乃は愛おしそうに小さく笑った。

エピローグ

なんだか、とても幸せな夢を見たような気がする。

朝の陽射《ひざ》しに目を覚まし、ぼんやりした視界に自分の部屋の天井が映る。

そういえば、昨日は聖夜祭が終わって帰宅するなり倒れるように寝たんだった。

「ん――」

「あっ……お、おはよ。もう朝だよ?」

少女の声がする方を向けば、そこいるのは朝陽《あさひ》に照らされてはにかむ日向《ひなた》。

「日向……? もしかして、起こしに来てくれたのか?」

どこか恥ずかしそうにする日向に感謝して……その瞬間、まるで閃光《せんこう》みたいに、学校の屋上で日向が叫ぶ光景が脳裏に浮かんだ。

――それでも私は、悠人《ゆうと》君のことが好き。

「……~~~っ!」

思い出した……っ! そうだ、あれは夢なんかじゃない。

俺は昨日の聖夜祭で、二人の少女――日向と月乃《つきの》に告白されたんだ。

あの後、家に帰るまで大勢の生徒に質問攻めされたり、生徒会のみんなからチャットアプリに嵐のようにメッセージが送られてきたような気がするけど、正直あまり覚えてない。日向と月乃の告白に頭がいっぱいで、他には何も考えられなかったから。

やばい、このまま枕に顔をうずめたいくらい顔が熱い……！

日向が照れてる謎が解けた。好きな人に告白された後って、こんなに気恥ずかしくなっちゃうんだな。

「ゆ、悠人君、いつもなら起きてるのにまだみたいだから。大丈夫かな、って」

「そ、そっか。悪いな、わざわざ俺の部屋まで」

「……私なら全然気にしてないよ？　だって、家族として一緒に生きたいって言ってくれたの、悠人君だもん。弟を起こすくらい、家族として当然でしょ？」

「……ん、そうだな。ありがとう、日向」

日向は、いたずらっぽい笑顔を浮かべると、

「でも、ちょっと残念かな。悠人君の寝顔、可愛《かわい》かったからもう少しだけ見ていたかったのに」

「……そんなに見たいなら、今度一緒に寝るか？　家族だから別に変じゃないしな」

「えっ――ふえっ!?　そ、それは……！　え、えっと、ちょっと考えてみる」

日向は照れ隠しのように、あたふたと明後日《あさって》の方を向いた。

「そ、それより、朝ご飯食べよう？　準備なら、もう少しで終わるから」

そうだったのか。確かに耳を澄ませてみれば、包丁で食材を切る音が聞こえてくる。毎朝料理を作ってくれてる日向には感謝――。

……いや待て、どうしてここに日向がいるのに、料理の音が聞こえてくる?

不思議に思いリビングに出て、驚愕《きょうがく》した。

キッチンで、月乃が料理している。制服の上に、エプロンを着けて。

「……おはよ、悠人。もうすぐご飯出来るから、待ってて?」

「あ、ああ。分かった……っていうか、どうして俺の家に? いつもなら、俺が月乃の家まで行って起こすのに」

「それじゃダメなの。悠人に、朝ご飯作ってあげたかったから」

月乃は恥じらう仕草をしながら、ぽっ、と顔を赤らめる。

「だってわたしは悠人の、その……か、彼女になったから。悠人にご飯作ってあげたら、喜んでくれるかなって」

「あっ……そ、そうなのか。うん、ありがとう」

なんだ、このそわそわした空気は。

まあ、幼馴染《おさななじみ》から彼女になった翌日なんだ。月乃が照れるのも無理はない。

俺だって、月乃の顔を見ただけでどうしようもないくらい胸が高鳴ってる。幼馴染が恋人になるって、こんなに違うのか。

と、日向が微笑《ほほえ》ましそうに、

「昨日の夜、月乃ちゃんにお願いされたんだよ?朝ご飯を作りたいから教えて欲しい、って。月乃ちゃん、頑張って二時間も早起きしたんだよね?」

「……日向さんには感謝してもしきれない。わたしのために、わざわざお手本を見せて作り方を教えてくれたんだよ？」

「これくらい平気だよ。私は月乃ちゃんの料理の先生、だからね」

やがて料理が出来上がり、三人で「いただきます」と手を合わせる。

やっぱり初めてだから、だろうか。月乃が作った味噌汁《みそしる》は日向のものに比べるといまいちで、本人も自覚しているのか日向と顔を見合わせて苦笑いしていた。

けど、これからちょっとずつ、上達していけばいいだけだよな。

月乃は俺の恋人なんだから。月乃の料理を食べる機会なら、たくさんあるはずだ。

「……ねえ、悠人にお願いがあるんだけど、いいかな？」

ふと、月乃が上目遣いで俺に声をかけた。

その表情は、夜の屋上で告白を果たした時と同じくらい、真剣だった。

「昨夜から、ずっと考えてた。日向さんは悠人が好きなのに、このまま悠人と付き合ってもいいのかなって。だから、悠人に約束して欲しいことがあるの」

「俺と月乃の、約束？」

「悠人はもう、わたしの彼氏になってくれたと思うけど……日向さんの初恋が終わらない間は、キスより先の行為はしない、ってルールを作りたい」

「えっ……!?」

驚きの声を零《こぼ》した日向に、月乃は迷いのない瞳を向けた。

「悠人と日向さんが両想《りょうおも》いなのにキスをするなんて、間違ってると思うから。だから、日向さんの恋心に区切りがつくまでは、ラインを越えるようなことはしたくない」

「月乃ちゃんは、それでいいの？　やっと悠人君と付き合えたのに……」

「……本当は、そういうこと悠人とたくさんしたい。幼馴染じゃ出来なかったこと、恋人だから出来ること。ここじゃ言えないようなこと、悠人としたい」

月乃は、こっちまで恥ずかしくなるような言葉を口にすると、

「だけど、日向さんのためなら我慢する。日向さんがどれくらい悠人のことが好きか、知ってるから。世界中の誰でもない、日向さんのために約束したい」

「俺も賛成だな。日向が好きでいてくれてるのに、月乃とだけそういうことをするなんて嫌だ。家族と彼女っていう違いがあっても、二人は俺の大切な人なんだから」

実は俺も、このまま月乃と付き合ってもいいのか、ずっともやもやしていた。

もし月乃が言ってくれなかったら、俺が似たようなことを提案していたと思う。

「月乃ちゃん……そっか、私のこと心配してくれるんだ」

そう言って、女神は天使に微笑みかける。

「でも、後悔しないでね。多分だけど、私はいつまでも悠人君のこと好きだと思うから」

「それでもいいよ？　わたしがずっと、悠人の心を離さないようにすればいいだけだから」

そして、日向と月乃は――俺が好きな二人の少女は、笑い合う。

いつか、月乃は俺に言った。日向か月乃か、どちらか選ばなければならないと。

けれど、誰一人切り捨てることなく、こうして愛《いと》しい光景が目の前にある。
俺の初恋だった少女は、家族として。
俺の幼馴染だった少女は、彼女として。
二人の少女と隣り合いになりながら、新しい日々が始まる。

あとがき

この度は『初恋だった同級生が家族になってから、幼馴染がやけに甘えてくる』の二巻をご購入頂き、ありがとうございました。弥生志郎《やよいしろう》です。

本作には二人のヒロインがいますが、初めは「どちらかだけが悠人《ゆうと》と付き合う展開は書かないかな……」と考えていました。

というのも、ラブコメというジャンルでは主人公と付き合えなかったヒロイン、いわゆる『負けヒロイン』という概念が存在するからです。

僕は日向《ひなた》も月乃《つきの》もどちらも正ヒロインとして扱いましたし、どちらが悠人と付き合うか小説を書き始めた時は考えていませんでした。だからこそ、どちらかだけが悠人の恋人になってしまえば、付き合えなかったヒロインのことを思うととても悲しいし、その少女を応援する読者をがっかりさせてしまうと考えました。

……けれど、この二巻を書いている途中で、その考えは改めることになります。

何故なら、悠人は日向と月乃のどちらかを選ぶことが出来ないくらい、二人が大切な存在だったからです。

そして、日向と月乃もまた、悠人のことが好きでした。どちらも悠人と付き合うことが出来ない決定的な理由があるのに、それでも悠人にベタ惚れしてました。

そのとき、僕は思ったんです。

なんだ、この物語に『負けヒロイン』なんていないじゃないか。

主人公は二人のヒロインに対して優劣をつけることが出来ず、互いに相思相愛である。

これのどこが負けなのか。誇っていいくらい勝っているじゃないか。

だから、僕は自信を持ってこの結末を書きました。

もし悠人と結ばれないヒロインがいたとしても、二人が両想いである限り幸せであると胸を張って言えるからです。

この本を読んでいるあなたも同じ気持ちであれば、作者としてとても嬉しいです。

◇

さて、本作で日向と月乃を巡るラブコメは一段落がついて、作者としては悔いが残らないところまで物語が書けたのでとても満足しています。三巻以降の構想もあるにはあるので、縁があるなら続刊も出したいなーとは思っていますけれど。

改めて書かなくてもお気づきかもしれませんが、日向と月乃は真反対のヒロインとして描いています。

尽くしたがりと甘え上手。感情豊かな女神といつも無表情な天使。ふわしばという犬が大好きな少女と猫を心から愛する少女。家事万能と生活スキル皆無。胸の大きさ。それに高校で再会した同級生と小さな頃から一緒にいる幼馴染……こんな正反対の二人と真正面からラブコメが書けて、とても楽しかったです。

遅くなりましたが、謝辞の方を。ここまで刊行作業に従事して頂いた担当・S様。素晴らしいキャラデザと一巻の対比となるエモエモな二巻の表紙を描いて頂いたむにんしき先生。カバーデザインを手掛けて頂いたデザイナー様、鋭く文章の指摘をして頂いた校正様、それに印刷所様、全国の書店様。ＷＥＢ小説から応援してくれた読者の皆様。そして、この本を手に取ってくれたあなたへ最大級の感謝を。本当にありがとうございました。

またいつか、お会い出来るのを楽しみにしております。

弥生　志郎

ファンレター、
作品のご感想を
お待ちしています。

あて先

〒112-8001　東京都文京区音羽2-12-21
(株)講談社ラノベ文庫編集部 気付

「弥生志郎先生」係
「むにんしき先生」係

より魅力的で楽しんでいただける作品をお届けできるように、
みなさまのご意見を参考にさせていただきたいと思います。
Webアンケートにご協力をお願いします。

https://voc.kodansha.co.jp/enquete/lanove_123/

講談社ラノベ文庫

初恋《はつこい》だった同級生《どうきゅうせい》が家族《かぞく》になってから、幼馴染《おさななじみ》がやけに甘《あま》えてくる2

弥生志郎《やよいしろう》

2022年6月29日第1刷発行

発行者	森田浩章
発行所	株式会社　講談社 〒112-8001 東京都文京区音羽2-12-21
電話	出版　(03)5395-3715 販売　(03)5395-3608 業務　(03)5395-3603
デザイン	百足屋ユウコ+フクシマナオ(ムシカゴグラフィクス)
本文データ制作	講談社デジタル製作
印刷所	株式会社KPSプロダクツ
製本所	株式会社フォーネット社

KODANSHA

ISBN978-4-06-528341-7　N.D.C.913　214p　15㎝
定価はカバーに表示してあります

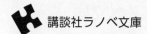